不機嫌で甘い爪痕

崎谷はるひ

幻冬舎ルチル文庫

C O N T E N T S

✦目次✦

不機嫌で甘い爪痕

✦カバーデザイン＝齊藤陽子(CoCo.Design)
✦ブックデザイン＝まるか工房

イラスト・小椋ムク✦

不機嫌で甘い爪痕

なくて七癖とはよく言ったものだが、無自覚なそれならばともかく、自分でもわかっている悪癖をいつまでも直せないのはどうしたらよいものか。

羽室謙也《はむろけんや》は、視覚から入り込んできた情報をどうあっても拒否したいらしい脳で、ぼんやりとそんなことを思う。

好奇心猫を殺すとか、すぎたるは及ばざるがごとしとか、いまの自分にふさわしい格言がなんだかたくさんあった気がした。昔のひとはいいことを言ったなあ、などと考えてしまうのも、後悔ゆえのことだろうか。

「……こんなことまで、すんのか」

虚《うつ》ろな声で呟《つぶや》く謙也の目の前では、艶《なま》めかしいというにはあまりにもあからさまな、モザイクつきの肉色静止画像が表示されている。体験談を元にした創作小説がその写真の下には連綿と綴《つづ》られていて、その中に出てくる「勃起」だの「アナル」だの「陰嚢《いんのう》」だのという単語が、さきほどから謙也の頭の中をぐるぐると回っていた。

遠い目のままひたすら画面をスクロールする、謙也の端整な顔には表情がない。普段ひとには清潔な好青年だと褒《ほ》められる、穏和な笑みを浮かべる口元はぽかんと開きっぱなしだ。

謙也は本来さらさらとした見た目通りの性格で、なにかに粘着質にこだわることは少ない。だが、それだけにひとたびなにか気に入ったことや気になることがあると、ほとんど執着じみた探求心でそれを追究してしまう悪癖があるのだ。

コレクションしてしまっている食玩のガンダムシリーズは量産ザクからマニアックなグラブロに至るまですべて揃《そろ》えていたりする。かといってオタク趣味ではなく、ガンダムシリーズ以外にはべつに心も動かされないし、ほかのアニメにもべつに詳《くわ》しくない。

とにかく、ピンポイントでツボにはまったものにだけ、奇妙に固執してしまうのだ。

そのように謙也の興味が向くものは、大抵は人生において役に立たないささやかなことばかりであったが、このたびのこれは、中でも最悪な部類に入るかもしれない。

「う、うわ、うわ」

上擦った声を誰もいない部屋に響かせつつも、マウスを操る指が止まらない。

会社から支給されたノートパソコンは、本来企画書や日報を書くためのモバイルとして用いるものであって、自宅でインターネットを楽しむためのものではない。まして、いわゆるゲイサイト――それも相当に過激な内容の掲載されたものを、目を皿のようにして見るためでもないのだ。

さっさとこんなサイトを見るのはやめて、明日提出する日報を書きあげなければならない。

それはわかっているはずなのに、いままでに知らなかった世界を見てしまったショックから理性的な判断ができなくなっているのか、謙也はなかば惚《ほう》けたまま、なにかに突き動かされるように、いつまでも画面の中に見入ってしまう。

（お……男同士って、ここまですんのか。つうか人間の身体《からだ》ってここまでできんのか⁉　死なないかこれ⁉）

スクロールした画面の中ではいましもディープなキスを交わしたふたりが、本来出す機能しかないところに巨大な——と文章では表現してある——ナニを挿入したところだった。

「嘘だよ、痛いよこれ。女の子でも痛いって絶対……！」

これは痛い、絶対痛いはずだ。……でもほんとうはいいのかな。おれが知らないだけで、そうなのかな。

もはや朦朧《もうろう》となりながら呟いた謙也は、それでも読み進めることをやめられず、次々出てくる過激な表現に息を呑《の》んでしまう。

正直言えば、写真はえぐかった。サイトオーナーの趣味らしい、がたいのいいお兄さんふたりが、一応モザイク入りとはいえ股間《こかん》もあらわに組んずほぐれつしている連写の画像は、謙也にはやっぱりなんだか受け入れられないものがあった。

だがその小説のほうはけっこう文章がうまいせいもあって、ついつい読み進んでしまうのだ。あげく脳内では勝手にその、女性の役割——ネコというらしいが——のほうの彼に、謙也の知っているとある人物を当てはめてしまったもので、よけい生々しい。

描写される容姿が、ちょっと似ていたのだ。髪がさらさらで茶色くて、顎《あご》が細くて二重の瞳がきつい、猫っぽい印象の気の強い青年は、組み敷かれた男のそれに貫かれて、あんあんいくいくと喘《あえ》いでいる。

（い、いや、だから、これはあのひとじゃないから）

うっかり妄想した自分に気づいてぶんぶんと首を振り「ははは」と謙也が意味もなく乾いた笑いを浮かべたのは、知人のセックスを覗《のぞ》き見してしまったような罪悪感からだ。

（すみません、すみません三橋《みつはし》さん……っ）

心の中で仕事仲間でもある彼に百万回謝って、うなだれた謙也はそのあと自分の視線のさきにあるものに本気で泣きたくなった。

謙也の股間は、ちょっと、勃起していた。

あ、勃《た》ってる。と思った瞬間すごい勢いで萎《な》えたけれども、写真では（失礼ながら）貧血を起こしかけたのに、うっかり知人の顔で想像した途端、これだというのはとてもまずい。

「つ、疲れてんのかな、おれ……」

そういうことってあるよなと、もはや涙目になりながら謙也は言い訳がましく思う。

だんだんと脳が麻痺《まひ》してきたような感覚に次いで、目の奥がなんだかチカチカしてきた。ついでに開きっぱなしだった唇も乾いている。

涙目なのは精神的なショックだけでなく、集中しすぎて瞬《まばた》きを忘れていたからだと気づき、はっと我に返った謙也はぶるぶるとかぶりを振った。

その瞬間、うっかり滑ったマウスのポインタが、そこだけはクリックするまいと思っていたリンクバナーを触った。

『美青年もろ出し！　汁まみれでイキ顔満載！　ボクのアナルを開発して！』

そもそもサイトの性質上、サーバー自体がアダルト専門であるそこには男女取り混ぜての派手なアダルト広告バナーが満載だった。中でもわざわざ太字にして明滅するようになっているその一文には相当なうさんくささを覚えていたから、絶対に開くまいと思っていたのに。

「あっ、やべ」

焦《あせ》った謙也がマウスを操作した指先は妙な強《こわ》ばりをみせて、持ち主の意志とはべつに、ひと差し指がマウスを押してしまう。そして、カチンと軽いクリック音がした直後、画面いっぱいに凄《すさ》まじい勢いで大量の窓が展開していった。

「わ、わあああっ、なんだこれ⁉」

ブラウザ・クラッシャー、略称ブラクラと呼ばれる悪質なトラップだった。気持ち悪いくらいにべたべたとモニターいっぱいに展開される悪辣《あくらつ》な写真は、ゲイポルノのみならず。死体写真に内臓のアップ、不気味な虫の集合体と、グロ画像満載だ。

叫んでもわめいてもそれは止まらない。強制終了をかけるということさえ思いつかないまま、鳥肌を立てた謙也が放心しきっていると、最後にどんっと全画面状態で開いた窓から、半分顔が崩れた女の、恨めしそうな顔がモニターいっぱいに拡がって、タスクバーすらも消えてしまった。

「え、ええっ⁉」

ぞわあっと謙也の背中が総毛立つ。その血まみれな女がにたりと笑った瞬間、モニターの表示画像は右端から砂が崩れるように崩壊し、最後には真っ黒な画面だけが残った。

「も……もしかして、これ」

ウイルスにやられたのか、と気づいたのは、電源ボタンを押して再起動をかけたマシンの真っ黒な画面が、いくら待てどもウインドウズ起動画面を表示せず、終《しま》いには『Operation System Not Found』という、世にも恐ろしいメッセージを表示したからだ。

「嘘……待ってくれ、なあ、冗談だろっ⁉」

叫んでも、壊れたマシンは直らない。縋《すが》り付くようにマシンを揺すっても、吹っ飛んだOSは戻らない。そして謙也が書きかけていた、企画書の草案も予算案も日報もすべて失われてしまった。

がっくりとうなだれた謙也は、その後小一時間近くただ呆然とするほかに、なにもできなかった。

＊　　＊　　＊

「羽室さん、なにしてんですか？」

「……始末書、を。書いてます」

三橋颯生《さつき》の軽やかな声を耳にして、びくりと広い背中を竦《すく》ませた謙也は、できる限り普通の声を出そうと努めた。

社員食堂の片隅で、苦い顔のまままちまちまと書いていた文章を覗き込まれないよう、背中を丸めた謙也に、颯生は苦笑混じりに告げる。

「ああ。なんか支給パソ、ウイルスで吹っ飛ばしたんですって？」

「なんで三橋さんが知ってるんですか……」

「さっき営業に顔出したら、野川《のがわ》さんが笑いながら教えてくれましたんで」

目を合わせないのも気まずい顔をしてしまうのも、失敗を知られたせいだと思ったのだろう。けろりとした顔で笑って、トレイを手にした颯生は隣の席に腰掛けてくる。

「ブラクラ引っかかったって、なに？　エロサイトでも見てたんですか」

「そっ……ちがっ……！」

「そんな爽やかそうな顔してやらしいなあ」

にやにや笑いながら割り箸《わばし》を割る颯生に思わず恨みがましい目を向けても、どこ吹く風だ。

（誰のせいだと思ってるんだ……）

謙也がそもそもこの始末書を書く羽目になったのは、いまつるつるときつねうどんを啜《すす》っている小さな形いい唇の持ち主のせいなのだ。

（あ、睫《まつげ》毛なげー）

ぽや、と見とれてしまうのは伏した瞼《まぶた》の陰影が、女性のようにシャドウを入れているわけでもないのにはっきりしているからだ。眦《まなじり》の切れあがった少しきつそうな印象の目を伏せると、どこまでも颯生の顔のきれいさばかりが見せつけられる。

颯生はちょっとお目にかかれないくらいの美形だ。最近では芸能人も好感度や庶民派なイメージが売りで、目立って整った顔というのは少なく、むしろほんとうの美形は素人に多いというけれど、颯生はまさにその典型だろう。

全体に線の細い作りで、身長はそこそこあるものの骨からきゃしゃな感じがするのは、手首や首筋などの露出した部分がとにかくすらっとしているからだろう。いま色気のない割箸を持っている指も、長くてきれいだ。

（やっぱ、ほんとにゲイ……なのかなあ）

しげしげと見つめつつ、謙也はちょっとばかり後ろめたく胸をざわつかせた。そもそもゲイでもない謙也がゲイサイト巡りをして、ブラクラに引っかかる羽目になったのは、先日、颯生について聞かされたばかりの噂が気になっていたせいなのだ。

「羽室さん、またA定食？」

「え、はい。おれ、好きだと一年中でも同じの食べちゃうんです」

「うわあ。飽きません？　それって」

「飽きないですよ。一回はまっちゃうとだめなんです」

しつこい性格なんで、と曖昧《あいまい》に笑った通り、謙也は妙なところで凝り性だ。自分でもどこにツボがあるのか判然としないのだが、ひとつ好きな食べ物ができればそればかり食べてしまうし、同じビデオを何十回でも見てしまったりする。

そして現在の謙也の「はまりもの」はこのからっとしたアジフライのA定食と、目の前の、ひとつ年上の美形の男に関する噂だ。

夏前の大型催事で出張に行った際、かつて颯生が勤めていた会社の営業である、藤田《ふじた》が隣のブースにいた。年も近いのであちらはなにかと親近感を持っているらしいが、噂や中傷が好きな手合いで、正直言って謙也はあまり得意ではなかった。

休憩時間がたまたま重なり、ふたりっきりになったおかげで世間話につきあったけれど、そこで吹き込まれた話は謙也にとっては世界がひっくり返るような内容だった。

——おまえの担当してる、三橋颯生。ゲイだって知ってるか。

そんなまさかという気持ちと、もしかしてという気持ちが同時にわき起こって、謙也はひどく混乱した。完全に否定するには颯生の顔立ちはあまりに整っていて、ちょっとした仕種《しぐさ》にも色気があるし、その種の噂を起こすだけの根拠はあるように感じられたからだ。

しかし同時に、顔に似合わぬさっぱりとした性格とややきつい気性は、数ヶ月仕事をしただけでも謙也にはわかっている。女顔であるのは否定できないが、雰囲気はべつにしなしなとしているわけでもなく、むしろ言動や性格はかなり男らしい。色気といっても醸し出す雰囲気は大人の男のそれそのもので、女性的にしなだれかかるような態度もむろん、取ったりしない。

（まあ確かに、ゲイだからって誰彼かまわず色目使うわけじゃないんだろうけど）

それは妙齢の女性が、男を見れば目の色を変えると言っているのと同義の偏見だ。

——嘘じゃないって。俺の会社辞めた理由、上司とやばいことになったからだって言われてるし。

まさかと否定した謙也だが、藤田に「こっちは元同僚だ、おまえよりも詳しいんだ」と言い切られれば強くは返せず、あまりにプライベートに踏み込んだ話はやめようとたしなめるくらいしかできなかった。

（まあ、だからっておれに、なにも関係ないんだけど……）

事実関係は結局その後もはっきりしていない。むしろ問題なのは謙也のほうが、そのことが頭から離れなくなっている現状だ。気になるあまり、出来心でネットを検索してみれば、この始末書という有様。

一番失礼なのは自分じゃないかと、颯生の顔がまっすぐ見られずにいた謙也が重いため息を落とすと、その懊悩《おうのう》の原因そのものから、声がかかる。

「ところで、羽室さん。あれ通りました？」

「は、はいっ。あれって？」

繊細な美形は顔に似合わぬ豪快さで、ずずっと丼ごと抱えてうどんつゆを啜ったあと、困ったやつだとでも言うように目を眇《すが》めた。

「やだな。俺があれっつったらほかにないでしょ。プラチナマリッジのテーマ商品」

「あ……そっか、すみません。はい、プラチナ・アライアンスにはＯＫもらいました。材質のプラチナ使用率、ちょっと向こうの規定ぎりぎりでしたけど」

あたふたと謙也が答えると、ならよし、とにっこり笑う。

「やっぱ、ある程度ゴールド入ってるほうがきれいだからなあと思って」

「ですね、おれもあれ、好きです」

颯生は謙也が勤めるこの大手時計宝飾会社『クロスローズ』の契約デザイナーだ。歳《とし》は二十八で、謙也のひとつ上なだけだが、フリーデザイナーという職業柄なのか、見た目の華やかさや若さに比べてかなりしっかりしている。

「キャンペーンに乗っかるのはいいんですけど、……プラチナ・アライアンスのだと、あの規定が面倒なんだよなあ。何パーセントプラチナ使えとかなんとか」

「ん、まあでも、宣伝効果考えると自社独自よりはやっぱり、大きいですから」

「そうですか？　五年前にも俺、前の会社で『ファデット』やったけど、売り上げに関してはあんまりたいした効果はなかったですよ」

プラチナ・アライアンスとはプラチナジュエリーの普及と啓蒙《けいもう》を目的に設立された、国際的な広報機関だ。商品の製造、販売といった営利活動は一切行わず、プラチナの主要な鉱山会社から出資され、宝飾品としてのプラチナの魅力を宣伝するための活動を行っている。

数年前に流行ったファデットリングはプラチナ・アライアンス提唱の中でもメジャーな企画で『愛で変わる、あなたを変える』というテーマを持つ。制作会社がそのファデットのテーマに沿った商品を開発した場合には、プラチナ・アライアンスの許可を取ればそちらからも広告媒体などに掲載してくれたりと、連動企画に乗っかることができるのだが、「それがどうした」と、うつくしい目元を不快げに歪《ゆが》め、颯生は吐き捨てるように言う。

「テーマ発表からデザインアップに制作って、そんたびいちいち申請してさ。二年がかりでやるわりには一点の単価小さいし実入り悪いし。申請通すのは面倒っちいし。俺あれ、嫌いなんですよね」

「三橋さん……」

苦笑する謙也の前でずけずけと言い、颯生はしらっと油揚げを噛《か》んだ。

「結局商材は、流行もんに乗っかるよりは、自社ブランドの展開に合ってるかどうかだと思うんですけどね。ま、上のひとの決めたことなら従いましょ。俺は一介のフリーデザイナーですから」

「ははは……」

言うだけ言うけど、やることたやるよと強気に笑う颯生に、腕に自信があるからこれだけ言えるのだろうなあと謙也はただ感心してしまう。このあけすけな物言いのせいで、前担当者とはうまく行かず、この春、仙台から本部の営業企画勤務に来たばかりの謙也が組むことになったのだ。

「羽室さんはだいぶ、東京には慣れました？　ってのも変か。もともと東京ですもんね」

「あー、でも五年のブランク大きいです。東京本部、はじめてですし」

謙也は入社以来ずっと、クロスローズ仙台支社に勤めていた。だがこの数年の不況のあおりをまともにくらった宝飾業界では、次々と事業部縮小を余儀なくされ、謙也の馴染《なじ》んだあの支社もご多分に漏れずたたむことになったのだ。

「上の都合であっちこっち飛ばされて、大変ですね」

「まあ、クビ切られなかっただけいいですよ。おれ、三橋さんみたいに手に職持ってないし」

この不況では就職を探すのも難しい。振り回されようが安定した収入があるのは幸いなことだというのは本心だ。謙也が静かに笑いながら言うと、感心したように颯生はため息をついた。

「羽室さんはいつも穏やかで、いいですね。なごみ系っていうか癒し系っていうか」

「な、なんですか急に」

「いや。俺の毒舌聞いてもそうだけど、あちゃこちゃたらい回しにされてるのにいやな顔もしないいし、いつもまじめだし、にこにこしてるし。若いのにいまどき、偉いなあって」

「若いって、いっこしか変わらないじゃないですか」

ひとのよさ以外取り柄がなくてつまらない、とよく言われる謙也に向けて、本気で感心したように告げる颯生に恥ずかしくなった。実際、才気走った彼に比べると、穏和でひと当たりがいい以外、特になにができるわけでもない自分を謙也は自覚しているからだ。

「それに……おれなんか、ぜんぜんその辺に転がってる、つまんない男ですよ」

おまけに昨晩は、このきれいな顔をしたデザイナーでうっかり妄想めいたことまで考えてしまったせいもあり、後ろめたくてたまらない。褒められるとほんとうに、身の置き所がない。

「いや、マジ偉いですって。俺みたいに言いっぱなしだといらんトラブル起こしますから」

苦笑した颯生は、だからフリーになったんですがときれいな目元をなごませるけれど、それも才能と自信があってのことだろうと、謙也はしみじみ思ってしまう。

実際颯生のデザインは非常に人気があって、契約デザイナーとしてクロスローズにと颯生が提供してきたラインはどれも売れ筋になったのだ。

前に所属していた宝飾デザイン会社はなぜ彼を手放したのかと噂されるほどにそのデザインは洗練されていて、社員にと望む企業はあまたあると思うのだが、縛られるのは嫌いだと彼は言う。

「どうもね、組織の中で動けなくなるのがいやなんですよ。だったら、デザイン好きにやって、買い取ってくれるとこで充分かと思って。金ないですけどね」

「そういえば三橋さんも、いつもきつねうどんですね」

「あはは、俺は凝り性なんじゃなくて、貧乏で、です」

さらっと笑う颯生の表情には、少しやんちゃな子どものような放埒《ほうらつ》さがあった。口では皆、自由にやりたいと言うけれど、それを実践しそしてやりたいことのはっきりしている人間は、そうは多くない。

(やっかまれちゃうんだろうな)

だからきっと、あんな妙な噂が立ったのだ。いま目の前にいる颯生と、ひととなりさえよく知らない藤田の言うことと、どちらを信じればいいのかなど自ずとわかるだろう。うかうか乗せられた自分がばかみたいだと、謙也は書きかけの始末書を眺めてため息をつく。

「んじゃ、午後から懸案のほう、打ち合わせお願いしますね」

「あ、はい。会議室押さえてありますから。部長も同席するそうです」

お先に、と食べ終えた器を手に立ちあがった颯生を眺め、ほんとうに失礼なことを考えてしまったと謙也は反省したのだが。

「ところで、羽室さん」

「は……はい？」

くるんと振り返った颯生が思わせぶりに笑い、耳元に唇を寄せてきた瞬間、不埒《ふらち》な謙也の目はそのサマーニットのVラインに釘付けになってしまった。

（か、顔近い、近い……っ）

焦るのは不快感からではなく、間近に見てもあらの見つからないきめ細かい肌と、油揚げを食べたせいとわかっていても、ぷるんと赤い唇がやたらつやつやしているからだ。

「……で、やっぱりエロサイト見たんですか？」

「み、見てないですよ!!」

ひっそりとした声で紡がれる内容に目を剝《む》いて、声を上擦らせた謙也は仰《の》け反《ぞ》りながら必死に言い返す。あははと笑って「始末書頑張って書いてください」と言い残し、その場を去った颯生は、謙也がいったいなにに動揺したかなど、たぶんわかっていないだろう。

（こ、声が。……耳が）

ちょっと息がかかってしまった。しかもいい声だった。甘くて少しかすれて、やさしい感じの。ついでに鎖骨のあたりからいい匂いがして、くらくらした。あれはたぶん、ブルガリだと思うけれど——混乱しつつも考えて、謙也は颯生の後ろ姿を目で追ってしまう。

社員ではないため、スーツ着用を義務づけられていない彼のすらりとした身体に、やわらかな素材のニットと細身のパンツはよく似合っていた。名前の通り、なんだか涼やかな印象の立ち姿に、謙也は我知らず見惚《みと》れてしまった。

（ウエストくびれて見えんだよな……なんでだろ。腰高いからかな）

食べ終えたトレイを棚に戻す所作に腰が捩《よじ》れた颯生の細さを、思わずしげしげと観察してしまっていた自分に気づいて、謙也は頭を抱えたくなる。

（ってだからどこ見てんだ、おれ）

仙台には、あんな美形はいなかった。土地柄の問題ではなく自分の周囲に、という意味だけれども、いずれにせよのどかな東北の地で静かに暮らしていた謙也には、颯生は存在そのものが妙に、刺激的すぎる。

なんというか、仕種や雰囲気がやっぱり色っぽいのだ。さきほどの耳打ちのように、他愛もない親しげな仕種でも、颯生レベルの美形にやられるとどぎまぎしてうろたえてしまう。

「おれがやばいんじゃん、これ……？」

悶々《もんもん》とするまま茹《ゆ》であがったような顔をテーブルに突っ伏した。目の前には、そんな謙也をあざ笑うような書きかけの始末書。

（噂だろ、噂。なにも三橋さんがそっちのひとだなんて、わかんないじゃないか）

そうは思うものの、颯生は肌まできれいなのだ。女性のようにメイクもしていないのにつ

るんとした顔をしていて、唇だけ赤くて。上唇は薄いのに、下唇はぽってりとしたやわらかそうな形をしていて、触ったらすごく気持ちよさそうだ。

（なんかこう、ぷにっとかしてて）

あんな唇で、誰かにキスをするんだろうか。ついでにもっとすごいことも——と、昨晩惚けるままに読み込んでしまったゲイサイトの過激な文章まで思い出す。主人公であったネコの青年はオーラルを実に嬉しそうにやったりしていて、その部分でうっかり謙也は催してしまったわけだったのだが。

（な、舐《な》め、舐めたり、とか？　すんのか？　アレを？）

あんな小さな口でアレを。

考えた途端、さきほどうどんのつゆが跳ねて颯生の小さい舌がそれを舐めた、なんの気なしの仕種が非常に危険な映像とオーバーラップしてしまって、謙也は今度こそ髪をかきむしる。

「ああっ、無理だって、いやそれ絶対無理だって！」

「……なにキョドってんの、羽室」

気持ち悪そうに声をかけてきた野川の言葉に、うっすらと涙ぐんだ謙也はうつむいたまま「なんでもないです」と悄然《しょうぜん》と肩を落とす。

「そうそう。エロサイトの始末書さっさと出せよ？」

「え……エロサイトって言わないでください！」

からからと笑いながら、さきほど颯生の座っていた席についた先輩社員を恨めしく睨《にら》んだが、野川の男臭い容貌《ようぼう》を眺めると、妄想に浸っていた頭も少し冷える気がする。

（野川さんがそれだってんなら、笑い話で本気にしないんだけどなあ）

いやしかしこれも容姿の差別になるかもしれない。実際昨晩のサイトでは、野川も真っ青のマッチョなお兄さんがあんあん言っていたではないか。

（あっ、少し落ち着いた……）

というかはっきり言えば、萎えた。野川のおかげですうっとテンションが下がり、謙也は少しほっとする。こうなればさっさと食べ終えて始末書を出してしまおうと冷めたアジフライを囓《かじ》るが、さくさくした衣は既にべっとりしてしまっていて、その感触にもなんだか虚しくなる。

昼飯の味気なさは、颯生に対して失礼なことを考えている自分への、戒めのような気がした。

（落ち着けよおれ……だいたいなんでナチュラルに、三橋さんが女役なんだ）

ゲイというのはそもそも、そういうポジションが確定していない場合もあると昨晩知ったばかりじゃないか。もはや根本的なところがずれた部分で謙也はおのれをたしなめる。

（けど、きれいなんだよなぁ。細いし……いい匂いする、し）

颯生は腰だけでなく、肩も細かった。謙也はさほどがっちりしたタイプではないが、長身の分だけ肩幅もあり腕が長い。ぎゅっとしたらちょうど胸に収まりそうなサイズだなどとうっかり思って、我に返った謙也は、力一杯割り箸を噛んだ。

「ぐがっ」

「だからなにやってんだよおまえは……」

がぎっという音のあと、砕けた箸の破片が口の中に刺さりそうになる。みそ汁を啜った野川にうろんげに見つめられ、なんでもないと首を振る謙也は今度こそ、自己嫌悪で死にそうだった。

百歩譲って噂がほんとうであったにせよ、それで颯生のプライベートにまで思いを馳《は》せるのは、はっきりいって筋違いだ。あげくあらぬ姿まで想像するとなれば、ほんとうにこれはまずい。

「まずすぎる……」

「なにがよ、A定大好きなんじゃねえのかよ？　ったくまあ、毎日毎日、よく飽きねえな」

無意識の呟きを耳に留めた野川に突っ込まれ、ほんとうにとうっすら笑った謙也は、おのれのしつこい性分についてほとほと、嫌気がさしていた。

それでも結局、虚ろな視線のさきにあるのは、颯生のあのしなやかな後ろ姿の残像。

鼻先に残るほのかなブルガリの香りは、もうしばらく謙也の前から去ってくれそうになかった。

＊　＊　＊

夏も盛りを迎えたある日、颯生がクロスローズに打ち合わせのため顔を出したのは、夕刻になってからだった。週末とあって就業時間も終わりを告げた社内にはひとも少なく、パーティションで区切られたオフィスの一角は颯生と謙也の声しか聞こえない。

プラチナ・アライアンスの許可が降りたマリッジリングのシリーズは、外注のキャスト制作に入っていた。最終的にデザインイメージと合っているかどうかを颯生に確認を取ったあと、本格的な制作に入る段取りになっている。

楕円《だえん》形の大振りな事務デスクの上には所狭しと書類やチンボックスが並べられ、向かい合わせに座った謙也と颯生はためつすがめつそれらを手にとっては検分していた。

「んー、ちょっとこれ造り甘いかな……もう少し腕のここ、曲線のボリューム減らしたほうがいいんじゃないですかね、ごつすぎ」

デザイン画に添えた制作用の原型表とワックスで作った型を確認し、颯生は眉《まゆ》を寄せた。

「そうですか？　じゃあもう一回、制作のほうに言ってみます」

お願いします、と謙也に告げたあと、半年近く関わってきた仕事がいよいよ終わりに差し掛かっていることを実感して、颯生はほっと安堵《あんど》の息を漏らした。あとは無事職人がうつくしく仕上げてくれれば、秋の商材展開に間に合うだろう。

シリーズの名称も颯生の提案通り『fleche《フレシュ》』と決まった。フランス語で『矢』を意味するそれは、恋のキューピッドが放つ矢をイメージしてつけたもので、実際のデザインも流線型のラインのさきに少し尖《とが》ったハートがついている。

ベタなモチーフだが、ディフュージョンのジュエリー、特にエンゲージやマリッジにはそのわかりやすさこそが最も求められる部分がある。正直に言えば颯生の好むところではないが、少し恥ずかしいくらいの甘さがあるほうが、この手の顧客層に対しては訴求力があるのだ。

「こちらさんだと、原型確認までさせてもらえるから嬉しいですね」

「そうですか？　おれ、よそはあんまり知らないんですけど」

細かい指示を受注票に書きつけながら呟くと、謙也が不思議そうに問い返してくる。もともと営業でも企画ではなく顧客担当、しかも仙台支社にいた彼にとっては、制作に関わることはこれがはじめてだ。知らなくてあたりまえかと颯生は笑った。

「大抵は原画提出したら、あとは作られたかどうかもわかんないですよ。まあ実際、イメージデザインしかできないデザイナーも多いから」

「え、そうなんですか」

「百点いくらで買い取り、とかですよ。だから……原型まで見るのは、前の会社以来かな。あのころは俺も原型作ったりしてたけど」

あそこは制作部も社内にあったからと笑ってみせると、謙也は少し奇妙な顔をした。

「……どうかしました？」

「あ、は、いえ。なんでもないです」

慌てたように書類に目を落とし、それじゃＯＫしておきますと言う謙也の顔に覇気がない。

「羽室さん、夏ばて？　最近なんか、ぼーっとしてません？」

「ああ、いえ……なんか、寝不足で……催事、昨日遅くまで撤収かかってたんで」

あはは、と笑ってみせる顔もどこか虚ろだ。

春先から足かけ数ヶ月のつきあいでしかないが、ここまで謙也が疲れた様子を見せたことはなく、ひどく心配になってしまう。

「身体、どっか悪いとか？」

「いえ、ぜんぜんそれは」

そっと声を落として問いかけると、大丈夫ですと笑ってみせるけれど、眉間《みけん》の皺《しわ》が取れないし、微妙に視線も嚙み合わない。こういうのは謙也らしくないなと、颯生もそっと眉をひそめた。

（どうしちゃったんだろ……）

目の前の青年は、おっとり穏やかそうな甘い顔立ちとは裏腹に、けっこう芯《しん》はしっかりしていて、自制も利くし体力もあるほうだ。一週間連続のハードな出張明けでもいつも爽やかな顔をしていて、さほど逞《たくま》しいタイプでもないのにタフなのだなと、感心していたほどなのだ。

颯生が見上げるほどの上背《うわぜい》があっても威圧感がないのは、育ちのよさそうな端整な顔にひと好きのする笑顔を浮かべていて、ひとと話すときには必ずまっすぐ目を合わせる習慣からだとわかる。実務面ではまだ経験不足は否めないけれど、それだけに慎重で、ひとの言うことを素直に聞くし、基本的に賢いから同じ失敗は二度しない。

それがこのところ、顔を合わせるたびに覇気のない表情でため息をつき、ひとと目を合わせようともしないでうつむいてばかりいる。

（謙ちゃん、だいじょぶか？）

内心呟き、颯生は目の前の彼を心配げに眺めやる。謙ちゃんというのは颯生がこっそりと自分の心の中だけで呼んでいるあだ名で、実際それを口にしたことはない。

仕事相手にあまり馴れ馴れしい呼びかけをするのは、颯生の主義ではない。ことに名前というのは、その距離感を一気に縮めてしまうような作用があるし、それによって仕事までなあなあになっては困るからだ。

（でも、べつに思ってるだけならいいよな）

言い訳がましく、胸の中で颯生は呟く。謙也はひとつ年下というだけでなく、どこかしらかわいげのある青年であったから、なんとなくちゃん付けにしてしまいたくなるのと——ちょっとばかり、ほのかな好意もよせていたからだ。それも、恋愛にほど近いたぐいの。

颯生は思春期を迎えて以来ばりばりに自覚のあるゲイだった。特にオープンにしているわけでもないが、派手目で女顔の容姿のせいか、一部にその手の噂が回っているのも知っている。

だが悪辣なその風評とは違い、颯生はけっこう身持ちの堅いほうだ。つきあった男は軽いの重いの取り混ぜていままでに片手の数程度しかいないし、わりとまじめに恋愛してきたほうだと思っている。

というよりも、好みがうるさいのでなかなか相手が見つからないと言ったほうが正しい。うるさい、といっても「同類の中で相手を探すには」という但し書きがつく。

ごくごく普通の、ノンケっぽいやさしげでまじめそうなタイプが好きなのだが、颯生のような見るからに気の強そうな派手目の顔立ちとなると、これが案外難しいのだ。

（なんか身構えられるんだよなあ……）

寄ってくるのはこちらに頼りたいと言わんばかりのオネエなタイプや、逆にねじ伏せたがるバリタチのサドっぽいのがほとんどだ。なんでそうなんだと頭を抱えたとき、仲のいい女友達にしたり顔で言われたのは「颯生が美人だからしかたない」というものだった。

――女でもそうだけどね。あんたくらいの美形になると、大抵の男は腰が引けちゃうの。自分に自信ないからね。で、そこを迫ってくるっていうと、勘違いした押しが強いのか、甘やかしてくれーってタイプになっちゃうのよ。

あまり納得したくない事実だなあと顔をしかめてみても、友人の分析があまりに事実の通りだから情けないものがある。おまけにフリーになってこの二年ほどは、生活に追われて恋愛をする余裕もなく、彼氏と呼べる存在もないまま現在に至る。

そんなこんなで、ここしばらくの颯生の心の安らぎは、目の前の青年だ。スーツの似合う広い肩が厚すぎず骨っぽいラインなのも、なかなか颯生の目を楽しませてくれているし、すっきり爽やかな顔立ちが照れたような笑みを浮かべると、眉が下がってひと好きのするものになるのがいい。

仕事がまじめなわりに、ちょっと子どもっぽいところがあるのも颯生のツボだった。自分のデスクの上にこっそり食玩の小さなモビルスーツなどを、ちょこんと置いているところも好ましい。オタクっぽさのまったくない、むしろ態度は年齢よりおっとり落ち着いている謙也だけに、意外な稚気を見た気がしてかわいく感じてしまう。

むろん仕事の場でコナをかけるような真似は、颯生は一度もしたことはない。ゲイであるからというだけでなく、オンオフの境目はきっちりしておくのがポリシーなのだが、好みのタイプを眺めてなごむくらいは許されるだろうと、謙也の長い指を見つめつつ颯生は言い訳がましく考える。

「じゃあ、ここ……腕の太さの直しと、あとメレの埋め込みでざらつかないように仕上げ注意ってことですね」

「あ、はい。お願いします」

謙也が好ましいのはそのルックスだけでなく、いつも誠実な、そして丁寧な仕事ぶりにもある。

口頭の打ち合わせでは本題がぼけることも少なくない。それだけに謙也はささやかな指示もすべてメモを取り、きちんと確認を取っている。手元を覗き込むと、まだ営業企画に来てから半年足らずである謙也だが、要不要をちゃんと判断してそれらの懸案事項をきれいな字でまとめていた。

そうした感じのよさとまじめさが評判で、ほとんどの人間が解雇になった仙台支社から、彼だけが本社に呼び戻されたことも聞き及んでいたのだが。

（……なんか悩みでもあんのか？）

それがこのところ、妙な顔ばかりしているのだ。明らかに心ここにあらず、といった風情でぼうっとしていることも多いし、書類などのイージーミスも増えていると野川に聞いた。

正社員ではない颯生は毎日出勤しているわけではない。週に一、二回顔を出してデザイン画を提出し、打ち合わせをするわけだが、その顔合わせのたびに謙也の表情はどんどん思いつめたものになっている気がする。

あまり肩入れするのはよくないと理性では思うものの、目下の颯生の心のアイドルである『謙ちゃん』がしょんぼりとしているさまは、どうしても気がかりだった。

(元気出してくれないかなあ)

なにか気を紛らわせるものとか、そうしたものはないだろうか。少しだけ仕事相手に対するよりも踏み込んだ好意のままに考えていた颯生は、ふと思い立って口を開く。

「……あ、なあ。羽室さん、ガンダム好きだったよね」

「え……はい。でも、なんでご存じなんですか?」

「机の上に食玩あるじゃん。あれってザクだっけ」

「いや……グフですけど」

普段仕事中に雑談などあまりしない颯生に驚いた様子で、謙也はきれいな目を瞠《みは》る。表情がやわらかいからあまり目立たない、切れ長のすっとした二重を見つめ、颯生は反応があったことにほっとした。

「そっか。いや、俺あんまガンダム詳しくないんだけどさ。学生のときお遊びで、廃材溶接して作ったガンダムと、シャアザクあるんだよね。三十センチくらいの」

「え、そうなんですか? うわ、見たいなあ……!」

ここしばらくの元気のなさが嘘のように、少年っぽいきらきらしたまなざしを向けられて、颯生はうっと息をつめた。必要以上にときめきそうになるのをこらえ、できるだけ普通の声を出すよう努めつつ、よかったらあげようかと持ち出した。

「いいんですか？　うわあ、欲しいです」

「もっと小さければ会社にでも持ってきてやれるんだけど……どうしようかな」

自動車のプラグなどの廃材で作ったそれは、銅や鉄を使っていてかなりずっしりした重量がある。ひとつ五キロはある代物《しろもの》なのだと告げると、謙也も思案顔になる。

「うーん、送るのは手間ですよねえ……壊れても怖いし」

「あー……よかったら、時間あるときにうちに取りに来ます？」

「……え」

下心もべつになく、さらっと誘ったつもりだった。けれど、あれほど嬉しがっていたくせに一瞬謙也は困ったような顔をする。あれっと思って颯生がまじまじとその顔を見つめると、さらに戸惑うような表情を見せた。

（え、あれ？　俺なんか変なこと言ったか？）

むしろ颯生のほうがその反応に驚いてしまって、ぎこちないような沈黙が生まれた。理由はわからないけれども、なにかひどく微妙な間に、颯生はあまりいい感じではないと悟った。

「あの、えっとでも、ご迷惑じゃあ……」

あげくに目を逸《そ》らしながら取り繕うように告げた謙也に、遠回しの断りを入れられたのだとは察した。普段の颯生であればここでそのままあっさり引き下がるところだが、どうもうまくリアクションを返せない。

少しの沈黙のあと、颯生は手元の書類に目を落とし、少し力無い声で苦笑を浮かべた。

「——……ええと、じゃあ。今度、都合のいいときにでも送りますよ」

「あのでも、悪いですし」

拒絶とも言えない微妙な態度にちくりと胸が痛くて、そう告げるのがやっとだった。謙也の言葉が、迷惑と感じているのか、それともただ遠慮しているのかも颯生にはわからないのだ。そうと自覚して、まずいな、と颯生は思う。

(なんだ俺……ちょっとへこんでる)

自覚している以上に、謙也に対して好意を持っていることを思い知らされた気分だった。これはあまりよくない傾向だと思う。仕事相手に入れ込みすぎて、顔色をうかがうような状態になっては、ビジネスにまで支障をきたしかねない。

(割り切っとけよ。仕事だろ)

手にした、フレシュのデザイン画をじっと見つめ、颯生はこっそり唇を噛む。好き嫌いと、仕事はべつ。それがモノでも、ひとに対しても言えることだと、知っていて当たり前のことなのだ。

好意を感じすぎてもいいことはない。颯生は実際、クロスローズとの契約は、フレシュの商品完成を見る前に終了する。そうなれば謙也とも——なにかまたこのような企画があがれば依頼が来る可能性はあるにせよ——なんら関わりのない状態になるのだ。

差し出口であったと、だから笑って言うつもりだった。それなのに、ほんの少しはにかんだように告げた謙也の表情が、颯生の言葉を喉《のど》へと封じてしまう。

「じゃあ……なんか、お礼させてください」

「え……？」

「フレシュの件も、一段落つきそうですし……おれ、慣れなくていろいろお世話にもなりましたし」

社交辞令だとわかっていて、それでも嬉しかった。本来、クライアントである立場の謙也にそうしたことを言われる筋はなく、ここで調子づいてはいけないとわかってもいた。

だが、考えるよりさきにつるりと口をついて出た言葉は、颯生の理性が訴えるのとはまるで反対のものだった。

「……んじゃ、今日このあと、飲みにでも行きます？」

「え、今日？」

案の定驚いた顔を見せた謙也に「否」を告げられるのが怖くて、さらに早口に言いつのる。

「また来週になると、なんだか出張入ってるんでしょ？　思い立ったが吉日ってね」

「あの、でも、いいんですか？」

社会人同士で「そのうち」の約束がいかに当てにならないものかなどわかりきっている。煩雑《はんざつ》な日々に追われて果たされることなく消える、口先だけのそれに、どうしてか謙也を紛れさせたくない。

「羽室さん、ちょっとなんか行き詰まってるでしょう」

指摘すると、ふっと謙也が息を呑んだのがわかる。やはりなにかしらの鬱屈《うっくつ》があったことは、一瞬だけ颯生を凝視し、そしてまた逸らされる謙也の視線で悟らされた。

「……俺が相手じゃなにかと思うけど、愚痴聞くくらいならできますよ」

外の人間のほうが言いやすいこともあるでしょうと笑ってみせるのは、本音と建て前が半々。できたらこの好ましい青年の、友人未満のポストだけでも確保しておきたいと、知らず熱のこもった口調とまなざしで颯生は言葉を綴った。

口にした言い訳がそのまま、真実と思えばいい。せめて愚痴をこぼせる知り合い程度の位置はキープしたっていいだろう。

（べつに、なにも期待してないんだし）

ラインを越えてまで親しくなりたいなどと思ってないと知らしめるため、颯生はあえてからりと笑ってみせた。

時間にすれば数秒の、逡巡《しゅんじゅん》を教える沈黙が颯生にはやけに痛かった。とまどいのようなものが謙也の瞳の中に揺れていて、その正体がなんなのかを見極める前に、かすかに彼はため息をつく。

「……ご迷惑で、なければ」

眉を下げた謙也の少し気弱げな笑みでは、颯生の申し出を疎ましがっているのかどうかを見極めることはできなかった。

＊　＊　＊

連れだってクロスローズ本社を出たふたりが向かったのは、有楽町の駅から少し銀座よりにある、創作和食の店だった。日本酒の銘柄をメジャーからマイナーまで片っ端から集めているのが売りで、むろん食事の味も悪くない。

そこそこ賑《にぎ》やかなその店は会社帰りのサラリーマンたちも多く、話をするにもうってつけだった。胸につかえているような話題の時には、こういうある種の喧噪《けんそう》に満ちた店が一番似合っている。

「お疲れ様でした。んじゃとりあえず」

乾杯、と掲げたグラスには、颯生は天狗舞、謙也は八海山。グラスを置いた升の中にまで溢《あふ》れたそれを啜って、きりっと冷えた端麗な味を楽しむ。突き出しには手をつけず、まず小皿に盛られた塩をつまんで舌に乗せ、それを洗い流すような颯生の飲みっぷりに、謙也は少し驚いたように目を瞠った。

「……もしかして三橋さん、けっこう飲むひとですか」

「あ、まあ。羽室さんは？」

顔に似合わない酒豪っぷりだと言われることは慣れている。苦笑した颯生が問い返すと、実はそれほど強くないのだと、見慣れたはにかんだような笑みで謙也は答えた。その表情に、やや強引に誘った酒席を謙也が嫌がっていないと教えられ、颯生は内心胸を撫《な》でおろす。

「食い物どうします？」

「あー……おれは、なすの煮浸しと、かれいの唐揚げ」

どこにでもあるような飲み屋の和風料理ではあるが、ひと工夫してあるのがこの店の料理の特徴だ。

「いま夏場ですからないですけど……冬に食ったのが、でっかい白玉の中に鶏そぼろが入ってて、それにとろみのついたじゅんさいの汁がかかってるやつ。うまいんですよ」

「へえ、それ美味そうで……っ」

いまのお勧めはこのあたりだと颯生がメニューを示すと、つられたように覗き込んできた謙也がふっと顔をあげる。

（……なんだ？）

けっこうな至近距離で視線が絡むと、ほんの数秒前まで笑っていた端整な顔立ちは色をなくした。明らかに狼狽《ろうばい》を覗かせて目を泳がせた彼に、颯生は驚いてしまう。

「そ、そのうちまた、来てみます」

「あ……ええ」

取り繕うようなぎこちない笑みに、なにかざわざわと胸が騒いだ。それはさきほど、家に来ないかと誘ったときの謙也の態度と同じ、颯生との間に見えない遮蔽物《しゃへいぶつ》を置かれたような気分の悪さに似ている。

(なんだ、この重苦しい空気は……)

颯生は彼よりもひとつ年上であり、またこちらは契約とはいえ本社勤めは長い。そのため、人間関係の悩みなら話を聞くくらいはできると、先輩風を吹かせて飲みに誘ってみた部分はあったけれど。

(……もしかして、俺?)

謙也の挙動不審の理由、その悩みそのものはもしや、自分に起因するものなのだろうか。ふとそう考えると颯生の喉の奥はなにかに塞《ふさ》がれたように息苦しさを覚え、普段ならばするりと流れていく酒さえいがらっぽく感じた。

けっして広くはないテーブル、向かいに座った謙也がやけに遠い気がして、それはあまり嬉しいことではない。

謙也自身、過剰な反応を自覚しているのだろう。店員にいくつかの品を注文する際にもうつむいたままで、そのあとは奇妙にいたたまれない沈黙がふたりの間に落ちた。

「お待たせしました、ご注文の品はこちらで」

「ああ、はい」

料理が早いのもこの店のいいところではある。間のもたなさに気詰まりになっていた颯生はほっとして、自分の頼んだかに入りの卵焼きをつつきはじめた。

しばらくはもそもそと、会話もないままお互いの頼んだ料理に箸をつけていたけれども、結局耐えきれなくなったのは颯生のほうだった。

「羽室さん。もし、違ったらいいんですが」

「……はい？」

ため息混じりに箸を置き、天狗舞で唇を湿らせた颯生は本題に切り込むことにする。

「俺は、なにかあなたの、気に障ることをしたでしょうか？」

「いえ、まさか」

即答に、嘘の匂いを嗅《か》ぎ取って、颯生は柳眉《りゅうび》を険しくする。謙也は否定したけれど、ぎこちない笑みと歯切れの悪い言葉は、とうてい納得できるものではなかった。

「べつに怒ってるわけじゃないんですが。さっきから、目を逸らされてばっかりですし、とてもそうとは思えないんですけど……なにか思ってることがあったら、言ってほしいんです」

「それは……」

いつもより硬い口調できっぱりと指摘すると、明らかに謙也はうろたえた。踏み込みすぎていないかと、その不安定な視線に危うさを覚えもしたけれど、こういう曖昧さは颯生は好きではない。

ひとが普段と違って見えるときには、結局なにかその裏に思うところがあるのだ。おかしいな、と思ったその瞬間のサインを見逃すと、却《かえ》ってややこしいことになりかねない。

「不躾《ぶしつけ》で申し訳ないんですが、俺は空気で察するとか、そういうのが不得手です。自分の性格もきついから、相手を萎縮《いしゅく》させて、言いたいことも言わせなくしてしまう部分があるのも自覚してます」

けれどこちらが聞く耳を持たないわけではないのだと、颯生はできるだけ冷静に伝えた。言葉は、コミュニケーションのためにあるものだ。不格好でかまわないし無様《ぶざま》でもいいから、意志を持って発したそれならなにかを伝えることはできるだろう。

失敗しても、行動したあとの後悔であればかまわない。それが颯生の持論だ。ましてや黙っていても理解できるほど、謙也と颯生は親しい間柄でもない。

「だからお訊《き》きします。俺になにか、問題とか……不快な点があるんでしょうか」

だったらいっそ、腹を割って話したほうがいいのではないか。そのためにはまず、こちらのほうが胸を開いてみせるしかない。ガードしたまま相手の情報を引き出せるほど颯生は口がうまくはないし、謙也に対して不誠実になりたくなかった。

颯生の感情を抑えた静かな声に、どうしてか謙也は観念したような吐息を交えて呟いた。

「三橋さんに……そういう、問題があるわけじゃ、ないんです」

弱い響きのそれが耳に届いた瞬間、ふっと遠かった距離が縮まる感覚を覚え、颯生もかすかに息をつく。

「ただ、おれは……」

「ただ？　……なんですか？」

もう少し声音《こわね》をやわらかくして、颯生はじっと謙也の顔を見つめた。気まずそうにちらりと上目にうかがってくる彼のまなざしがやけに頼りなく、ほんの少しさきほどと違う意味で胸が騒ぐ。

「――気になる、ことが、あって」

長い沈黙のあと、勢いをつけるように八海山を呷《あお》った謙也はぽつりと言った。ガチガチに硬かったガードがゆるんだのを気配で察し、ようやく口を開いた彼に颯生は食い入るような視線を向ける。

「気になることって？　俺のことですか？」

「そう、です。……実は、噂を聞いて」

「噂って？」

促すように目を覗き込むと、どこか苦しげに謙也はかすかに眉を寄せた。

いったい、なにを言われるのだろうか。予想がつかずにいる分、ひどくざわざわと胸が騒いで、颯生は覚えず息を呑む。

しかし、覚悟を決めたように、かたくなな唇を開いた謙也の言葉に対し、颯生はいっそ拍子抜けするような気分だった。

「三橋さんが、……ゲイ、だっていう」

「あ？」

ぽかん、と口を開いて間抜けな声を出した颯生に、謙也はひどく緊張した、気まずそうな表情を見せる。しかし、颯生としては予想していた中でも格段に軽いたぐいのものであったため、ため息混じりに笑うしかない。

「ああ……なんだ、そんなことか」

「そ、そんなこと……って」

ぎょっとしたように身を乗り出した謙也に、颯生は苦笑しつつ、緊張の抜けた肩を上下させながら指摘する。

「あー。出どころは、藤田あたり？」

「なんで、わかるんですかっ？」

性指向に関する噂を口にしても機嫌を害した様子もなく、また否定もしない颯生に、謙也こそ面食らった顔をした。それはひどくおかしかったけれども、目の前の青年に対してではなく颯生はじりじりと不愉快になった。

（……あの野郎。まだ根に持ってんな）

元同僚であった藤田とは、数年前、それこそファデットを作る際に相当にぶつかった。よくある話であるが、納期を守らせ価格を下げたい営業と、そうほいほいと造れるものかと突っぱねる制作部の確執は深い。その中間に立つのがデザイン部門にいた颯生だったけれど、自身も制作に関わっていたため、立場としては完全に制作よりだった。

藤田は有名大学卒であるのが自慢で、美大や専門学校出身の制作部やデザイン部の人間を見下す節があり、真っ向から颯生と揉《も》めることが多かったのだ。その当時こてんぱんにやりこめることが大半だったため、数年を経てもあちらは恨み骨髄といったところなのだろうけれど。

（いらんことしやがって）

藤田の性格はよく知っている。きっと颯生のセクシャリティについて、思わせぶりにあれこれでっち上げ、事実以上の話に膨らませたのだろう。噂で颯生が貶《おとし》められるのは慣れたことでいいにしても、謙也をこんなに悩ませることはあるまい。

「あの野郎が言いそうなことは、だいたい想像つきますけどね……」

報復するなら直接来ればいいものを。藤田の名を口にするなり、むすっと顔をしかめた颯生に、謙也はどこか複雑そうな表情で、おずおずと問いかけてくる。

「あの、ゲイって……嘘、なんですか？」

「いえ？　ほんとですよ」

「えっ⁉」

おそらく予想していたのは否定の言葉だったのだろう。あまりにあっさりと認めた颯生に、謙也が目を瞠る。

相当に思い悩んでいたようだった謙也のそれに、颯生のほうこそおかしくなった。

「うーん、まあ……俺はべつにカミングアウトしてないんですけどね。ただ、敵多いから」

そもそもおのれの性指向について、表だって言いふらしたりしないのが普通だろう。けれど颯生に関して妙な噂が立ってしまうのは、言動のせいで無用な敵が多いからだ。

藤田のようにそのうちの誰かが颯生の女顔を揶揄《やゆ》して、下卑た貶めのためにそういう話をでっち上げたのだろう。それがたまたま的を射ていたわけだ。

「……つうか、ゲイって以外になんか言われました？」

察するに、事実以上に妙な話でも吹き込まれ、それで気持ち悪くなったのだろう。水を向けると、言いにくそうに謙也はぼそぼそと続けた。

「や……辞めたのは、上司と不倫したせい、っていうのは？」

「はあ⁉　そりゃ嘘です。いくらなんでも好みってもんはあるし、俺はそういうモラルは捨ててないですよ。辞めたのはこの間言った通り、会社組織の体質に自分が合わないからです」

冗談もほどほどにしてくれと、陰険さの滲《にじ》んだ当時の上司の顔を思い出し、うんざりと颯生はため息をつくが、心の片隅でこのところの謙也の不審さに納得もしていた。

（なるほど、そりゃまあ、ぎこちなくなるわけか）

ゲイで不倫と来れば確かに、まじめそうな謙也にとってはかなりな大問題だろう。いままで知らずに接していた分、衝撃も大きかったに違いない。

颯生は実際ゲイだ。だが自分の性指向はヌキにした部分でも謙也を気に入っていたから、彼とはきちんとした友情を――まあ仕事仲間の域を超えるものではないにしても――築いてみたいとは思っていた。

それでも偏見があったりするのは、ある意味しかたがないことだ。ちくりと胸が痛むけれど、こういう苦しさは自分のセクシャリティを肯定したときから、織り込み済みだ。

「まあなるほど、わかりました。そりゃ、家に来いって言われたら引きますね」

「あ、え……いえ、そんな」

諦《あきら》めたように笑ってみせる颯生に、謙也のほうがひどくうろたえている。けれど、大丈夫だと颯生は言いきった。

誰も彼もが自分に都合のいい反応をしてくれることなど、あり得ない。それでもまったく無理解な周囲ばかりではないし、諦めることも知っている。

（謙ちゃんにキモがられるのは、残念だけどな）

これくらい、割り切れる。自分を否定しないためには、そうしてやっていくしかないから。彼に対して自分が持っている好意と、生理的な嫌悪を見せられ颯生が傷ついている事実もまた、べつの話だ。

「妙な話吹き込まれて、偏見もあるでしょうけど……もうあと少しで、仕事も終わりますし。それまではどうにか、普通にしててもらえないですかね」

大丈夫、大丈夫。笑っているうちにほんとうにそれは、大丈夫なことになっていく。いままでもずっとそうしてきたと、しくしくと痛む胸を堪えて颯生は思う。

「えっ、あ、へ、偏見なんてそんな」

「いいです。慣れてるし」

嫌みでなく、そういうものでしょうとやんわり颯生が言う。しかし謙也はいっそうかたくなな表情になり、違います、と訴えた。

「そういうんじゃないです、ほんとに！　あの……気になったけど、それは」

「ん？」

もどかしそうに、長い指を握ったり開いたりしている謙也に、やはり誠実なのだなと颯生は微笑《ほほえ》ましくなった。もっと露骨な不快感をあらわにされたこともないわけではないのだ。懸命にこちらへと、言葉を探してくれているだけでも充分だと、そう思った矢先。

「お、おれ……ゲイってどういうのだろうと思って、そっちが気になって」

「……はい？」

「この間……ブラクラ引っかかっちゃったのも、そういうの調べてたからなんです」

思いもよらない言葉に、颯生はきょとんと目を丸くした。さきほどまでの会話からなにか流れが逸れたような気がして、どういう意味かと謙也の目を覗き込むと、彼はうっすらと頬《ほお》を赤らめる。

「調べた……って」

いったいなにを、と怪訝《けげん》な顔を見せた颯生に対し、謙也はさらに気まずそうな表情をした。その反応と、またウイルスが仕込まれているような悪質なトラップの存在で、どうやら彼がかなりきわどいサイトを見に行ったことを悟る。

「アダルト系のゲイサイト、ですか……」

「すみませんっ」

「いや、俺に謝ることじゃないですけど」

半ば呆《あき》れ、半ば謙也の言動をどう捉《とら》えていいものかわからなくなりつつ、颯生は言葉を失いそうな唇に愛飲する煙草を銜《くわ》えた。頭がくらくらするのは、数時間ぶりの喫煙だけでなくこの謙也がそんなサイトを見に行っていた事実がちょっとばかりショックだったせいもあるだろう。

「まあ……好奇心の代償にしちゃ、始末書はでかかったですね」

ほかに言いようもなく、曖昧な笑みを浮かべて取りなすように颯生が告げると、謙也はぐっと唇を噛んだ。もどかしげに謙也の長い指はまた開閉を繰り返して、それはなにか自分でもわからないものを摑《つか》みあぐねている仕種にも見えた。

間の持たないような沈黙のあと、黙って煙草をふかす颯生の前で、謙也は酒の勢いを借りるように残りの八海山をぐっと呷った。そうしてぽつりと呟くように言う。

「これ、……好奇心なんですかね」

「……ほかに、なにか？」

ヘテロセクシャルだろう謙也にとってゲイサイトを閲覧するのに、ほかにどんな動機もありはしないだろう。深々と煙を吐き出しつつ、それが謙也にかからないよう横を向いた颯生は、一瞬逸れた視線にいっそほっとしたような謙也の表情を見逃した。

「おれ、サイト見て……びっくりしたんです」

「ああ、まあ、でしょうねえ」

それは普通驚くだろう。あっさりと頷《うなず》いてみせた颯生に対し、そうではなく、と謙也はもどかしげに自分の髪をかき乱した。

（もう、この話終わりにしてえなあ……）

たぶん懸命に、偏見や嫌悪がないことを教えようとしているのだろうけれど、この手の話は口にしただけ泥沼になる。互いに理解し合えない状態で、下手にフォローを試みれば却ってしこりを残すこともあるのだ。

謙也の思いやりはありがたいけれど、正直もう、颯生としてはそっとしておいてほしかった。

「あのね、羽室さん――」

「びっくりして、でも、おれ……三橋さんもこんなことすんのかと、思ったら……なんか、変な気分に、なって」

だが、もういいと告げるつもりで口を開いた颯生を制するように、真っ赤な顔をした謙也はひと息に言葉を綴り――颯生をフリーズさせてしまった。

「た、……勃っちゃった、んです」

「……は？」

その単語が脳に届くまで、かなりの時間があったような気がする。颯生は瞬きも忘れ、目の前の聡明《そうめい》で爽やかそうな青年を凝視した。

「……すみません。俺なんか、聞き間違い――したような」

引きつった笑みを浮かべて颯生がようやく絞り出すような声を出すと、謙也はさらに赤くなって頭を抱えている。

「いやあの、怒るのあたりまえなんですけどっ」

颯生はべつに怒ってはいなかった。だがあまりのことに、なんの反応も返せずにいる。

（勃っちゃった？　謙ちゃんが？）

この爽やかでちょっと甘めの顔をした好青年と、男の生理現象が結びつかない。というよりも、そのふたつを自分はどうも結びつけたくないようだ——と、颯生はぼんやり遠い意識で考えた。

その間にも、堰《せき》を切ったように謙也はここ数週間の鬱屈の理由を喋《しゃべ》りはじめてしまう。

「おれ、ずっと気になっちゃって、それで……態度も変になってたんだと思います」

「は……はあ」

「み、三橋さんきれいだから、彼氏とかいるのかなあとか。サイトで見たみたいなこととか、すんのかなとか……そういう、失礼なことばっか、考えてて」

「き、きれい？」

でもそれが頭から離れなくて、と呻《うめ》くように告げる謙也に対し、驚愕《きょうがく》のあまり凍りついていた颯生はようやく思考を取り返した。

「あー、えっと、羽室さん。酔ってます、よね？」

「酔ってないです。なんかおれ、ほんとうにどうかしたのかってくらい、三橋さんのこと、気になって。さんざん、考えて……それで、思ったんですけど」

どんな表情をしていいものかわからないまま、無意識に薄笑いを浮かべて問いかけると、それだけはやけにきっぱりと、赤い顔の謙也が言う。あげく、さんざんうろたえて逸らされてばかりだった視線を、こんなときにまっすぐに颯生に向けて、真摯《しんし》な表情でこう告げるのだ。

「おれも、そうなのか、って。三橋さんのこと、好きなのかもって」

「……はい？」

颯生は数十分の間に、何度この間抜けな返事を口にしたかしれないけれども、今度の「はい」は恐ろしく低く、不機嫌なものとなった。

「あなたちょっと短絡的すぎやしませんか。うっかり危ない世界ネットで見て、ほいほいその気になってどうするんですか」

いままで謙也相手に聞かせたこともないような、苛烈《かれつ》に低い声に対し、謙也ははっとしたように息を呑む。

「違います、だって……！」

「なにが違うんですか。羽室さんがさっきから言ってるのってそういうことでしょう」

吐き捨てるように告げる颯生が浮かべた冷笑は、謙也にだけでなくおのれに対しても向けられたものだった。

（興味本位ってわけか？　まあ……よくある話だけどな）

知人がゲイだという噂を聞いて気になって、うっかりそのセックスにまで想像を巡らせる。男であればなにも珍しいような現象ではない、ただの下ネタ話と同じ感覚だ。ことに、颯生は女顔が際だっている分だけ、それと知らない連中にもさんざん、酒の席などでからかわれることはあった。

――三橋だったら、一回試してもいいよな。

――なに言ってんだよ、こんな顔して、つくもんついてんだぜ？　萎えるって。

無邪気で悪意のない、それだけに最悪な揶揄を、受け流せないほど颯生の精神は繊細ではない。けれどそれで、ほんとうに平気なわけもなかった。

(そんなに危ないセックス、したいわけか？)

颯生の顔だけあればいいなどと嘲笑《ちょうしょう》してくれた彼らには、同じほどの軽蔑《けいべつ》を返せばよかった。けれども、純粋な好意を持っていた相手にそんな軽侮《けいぶ》を向けられれば、人格もなにも無視されて、踏みにじられた気がした。

(謙ちゃんまでかよ……マジで、へこむわ)

颯生は初手から謙也のことは気に入っていた。世代も近く、入社早々仙台に行かされていたせいか、性格がおっとりとしているところも感じがよかったし、端的に言えば顔も好みだ。

だが颯生はノンケの男と恋愛をしない主義だった。バイもまたしかりだ。かつてそういう相手もいなくはなかったが、悪気はなくとも無意識に女と比べられたり、目が覚めたような顔でこちらへの嫌悪をあらわにする輩《やから》もいないわけではなかったので、そういう苦い経験は二度とごめんだと思っていた。

第一、会社関係の相手と恋愛に陥るのはのちのち面倒だ。それがたとえ一方的な片思いだとしても。だからこそきっちりさっぱりと振る舞い、自分を律するようにしていた。

少女じみた初恋のように、アイドルに憧れるように、遠くからそっと、いいなあ、と思っていたかったのだ。大事なきれいなもののように、謙也を愛《め》でていたかった。

そんな相手に、ゲイだからと言って悪趣味にも「試してみたい」と思われているのかと思えば本音は情けなくもあったし、腹が立った。それ以上に、哀《かな》しかった。

興味本位で眺められることは、ほんとうにつらい。その痛みをそっくりぶつけてやりたくて、颯生は尖りきった声を出す。

「要するに羽室さん、いままでに知らない世界が見てみたいわけだろうけど。男同士のセックスってそんなに、きれいなことばっかじゃないですよ」

「そ、れは……なんとなく、わかりました」

「ネットで、ね。ま、文字情報だの画像だけでどこまでわかったもんか知らないけど」

じくじくと指の先まで痛かった。一瞬、声が震えて、けれどそれを謙也に悟られたくはなく、颯生は何度も忙《せわ》しなく、煙草の煙を吐き出す。

「だったら試してみます？」

「え……」

自暴自棄もいいところだった。瞳を眇め、銜え煙草のまま悪辣な笑みを浮かべた颯生は、いっそこの純粋で残酷な男に思い知らせてやりたかった。

「俺のこと。いろいろ想像したんでしょう。実際どうなのか、知りたくないですか」

どうせ、できないくせに。ぼんやりと曖昧な想像の中でどれだけ男を抱くことをイメージしたところで、本来のセクシャリティは裏切れない。

「どうします？　このあと、どっか、ベッドのあるとこ行く？　俺はいいですよ。羽室さん、けっこうタイプだし。ああでも、マジになんないでくれるとありがたいな。俺基本的に、バイとかノンケは好きじゃないから」

「三橋、さん……」

案の定、謙也はひどい衝撃を受けたかのように息を呑んで固まった。そらみろ、びびるくせにと内心で嗤《わら》いを浮かべた颯生はそのまま、冗談だと言うつもりだった。

「――いいんですか？」

「え……」

けれど、かすかに緊張を孕《はら》んだ謙也の声と、不意にきつく握られた指の強さに、その言葉は声帯の奥に引っ込められた。

「おれ、おれは、遊びでもいい、です」

「羽室さん」

売り言葉に買い言葉のつもりだった。唆《そそのか》したところで、いいところ気味悪がられるだけだろうと思っていたのに、謙也は真剣な顔を赤くしたまま頷いてみせる。

ぎゅっと、一回り大きな手のひらに包まれた自分の手が、震えていた。けれど、それ以上に震えている謙也にはきっと、そんなこともわからないのだろう。

ふざけるなと、言えばいいのだ。そのまま彼の手を振り払って、ばかにするなと突き放すべきだとわかっていた。きっと最後まで踏み込んだあと、傷つくのは颯生のほうだと、それも考えるまでもなく理解できるはずなのに。

「……知りませんよ、ほんとに」

颯生はどうしてか、そんな風にすれた大人ぶって、じっと見つめてくる謙也に笑いかけてしまう。

もっとそういうモラルの面で——これは性指向という意味でなく、簡単にセックスをしたりしないという意味だ——きちんとしていると思っていた謙也の無謀さにも、なんだかもの悲しくなった。落胆も覚え、見損なったとも感じた。

それなのに、瞳ばかりきれいなままなのだ。興味本位でセックスをしたいと思っているくせに、どこまでも真摯で誠実な目をする、なんてひどい男だろうか。

(どうせその場になったら萎えた顔すんだろうに)

後腐れがありすぎるとか面倒なことになったとか、そんな感情は、憤りと腹立ちに紛れて少しも浮かばなかった。颯生も引っ込みがつかなくなっている部分もある。

あまりのことに、もう理性的な判断もできず、どこか意識が乖離《かいり》したように遠かった。

ただ、謙也に握られた手の熱さと、かすかに湿った感触だけが、やけにリアルだった。

＊　＊　＊

連れだって店を出るなり、ひとことも口を利かなくなった颯生の薄い背中を眺めながら、謙也もまたひどく混乱していた。

（なんで、こんなことになったんだ？）

適当に見繕った安っぽいファッションホテル。料金に見合ってさほど広くもない部屋は素っ気なく、ただばかでかいベッドが異様な存在感を見せつけて、壁の隙間《すきま》にやっとひとひとりが通れるほどの空間しかない。

「シャワーにします？　それともこのまま？　だとしたらちょっと手順変わりますけど」

「え、あ、いえ……」

思ってもみなかった展開に面食らいつつも颯生の挑発的な視線に逆らえず、こんな場所までのこのこついてきてしまった。つけつけと言われても、どうすべきなのかも判断できず、曖昧に謙也は首を振る。颯生の形よい唇からは押し殺したようなため息がこぼれて、謙也は気まずく窓へと視線を逸らした。

(どうしよう、なんか、怒ってる)

確かにあんな噂のことを口にして、颯生が怒らないわけもないとは思った。だがあっさりと性指向を認め、あまつさえ気にしないでくれと言った瞬間の彼は確かに、傷ついたことを隠そうとしていた。

(あんな顔、させたくなかっただけなのに)

偏見を持っていたり、颯生を気味悪いと思っているなどと、思われたくはなかった。ただどうしてこんなにきれいだったり色っぽかったりするんだろうと、そんな風に思ってしまう自分を知ってほしくて――けれどたぶん、言葉の選択に失敗してしまったのだろう。

途中から明らかに、颯生は相当怒っていた。実際謙也も、これでは誤解を招くと思いながら言葉を探し、焦るあまりにどんどん露骨なことばかり言ってしまって。

(なんであんな言いかたすんだよ、おれも)

誘われたのも、自棄《やけ》というか勢いだけの、悪辣な冗談なのだろうことも、ぼんやりとはわかっていた。興味本位と決めつけられ、冷たい目で見られてせつなくもなった。

それでも、断ることなど謙也にはできなかった。なにしろもう、彼の性指向とそのさきについてあれこれ考えすぎて、自分でもなにがなんだかわからない状態だったのだ。

――実際どうなのか、知りたくないですか。

知りたかった。なんでも。颯生のことなら。だからなにも考えられないまま頷いて、手を握ったのは——そうしないとこのきゃしゃな指に、二度と触れられそうになかったからだ。

（でも、なんか……間違ってる、気がする）

半分熱に浮かされたような頭でも、それだけはわかる。このまま颯生を、あの尖りきったまなざしのままいさせて、それで抱きしめてしまってはどうしようもない間違いが起きる気がする。

「あの、やっぱり……っ」

だから、少し待ってくれと言うつもりだった。手持ちぶさたに、隣のビルの壁しか見えない窓を眺めていた謙也は、振り返るなり凍りつく。

そこには、潔くシャツを脱ぎ捨て、既に下着に手をかけようとしている半裸の颯生がいたからだ。

「み……三橋、さ……」

「なんです？　するんでしょ？」

怒っているような顔で、颯生は挑むように問う。いきなり部屋に入るなり、ばさばさと服を脱いでしまう颯生にもびっくりしたが、謙也の頭の中はそれどころではなかった。

「それとも脱がないでするほうがいいですか？　男の身体なんか、萎えるから」

「ち……ちが……」

自虐的にさえ聞こえる響きの、痛々しいような尖りきった声は確かに聞こえているのに、少しも意味をなさなかった。

　どこか見せつけるように、やわらかい素材のパンツを下着ごと脱ぎ捨てて、全裸になった颯生はベッドの前に立っている。

　手首や首筋から想像していた通り細い身体は、謙也の妄想していたような、女性じみたラインを描いてはいなかった。

　胸は当然平たいし、きゃしゃな身体はたとえばモデルのように完璧なプロポーションを保っているわけでもない。むしろ腰が細すぎて、どこかバランスが悪いような印象もある。

（男のひと……なんだよ、なあ）

　けれど、それだけに生々しく、ひどく卑猥《ひわい》な感じがした。特にその、女性に比べて小さな乳暈《にゅううん》の、ブラウンがかった赤みであるとか――いまはただうなだれているだけの、薄い下生えから続く性器とか。

（なんか、おれとぜんぜん、違う）

　目が離せない。確かに同性のそれであるのに、なんでこんなに颯生の身体はいやらしいんだろうと、どこか遠くで違う謙也が呟いている。

「……気が済みました？」

　目を瞠ったまま硬直している謙也に、これで目が覚めただろうと吐き捨てて、颯生は冷笑を浮かべる。その切れ長の瞳が少しだけ傷ついたような色を浮かべている気はしたけれど、謙也はもうそれどころではなかった。

「もういいですよね。わかったでしょう。悪趣味なこと、やめましょうよ」

いいかげん間抜けな格好はいやだと、沈黙する謙也に向けて苛々《いらいら》と颯生が言った。

足下に落とした衣服を拾おうと彼は身を屈《かが》めて、薄い背中の肩胛骨《けんこうこつ》が盛り上がるのが見えた瞬間、謙也の中でなにかがぶっつりと切れる音がした。

「俺も、酒のせいってことにしてあげます。だから、羽室さんももう、二度と――」

「三橋さん」

ずかずかと足を進めて、シャツを手にした颯生の手首を摑む。なにごとかという顔をした颯生の声も聞こえないまま、謙也はかすかに震える声を発するのがやっとだった。

「あの、……羽室さん？」

「触っていいですか？」

「はあ!?　え、ちょっ……！」

驚いた声を出した颯生の性器は、問いかけた瞬間には謙也の手のひらの中にあった。ぎょっとしたように目を瞠り、逃げようとする細い身体を抱きしめると、いつか想像した通り自分の胸の中にすっぽりと収まった。

「な、なにするんで、すかっ」

「……すげー」

「すげえって、なにがっ」

しっとりした手触りのそれをゆるく握って、謙也はものすごく興奮している自分を知った。裸の肩も手のひらにひたりと吸いつくようで、見た目通りひんやりなめらかな肌がすごく気持ちよかった。

「ちょっと、勃ってる」

「あ、あのね、そりゃ触るから」

「もっと触ったら、もっと……勃ちますか？」

「はいっ!?」

颯生の言っていることも、どうやら嫌がっている様子なのも、もうなんだかよくわからない。とにかくもうここ数週間、考えて想像して妄想して、それでやっと実物を目にした颯生の身体の一部に触っているという事実だけで、謙也の脳は煮えていた。

「あのね羽室さん、冗談もいいかげんに」

「冗談じゃ、ないです」

洒落《しゃれ》にならないと声を荒らげた颯生の目をじっと見つめて、ごく静かに謙也は言った。視線が絡み合った瞬間、なぜか颯生は一瞬怯《おび》えたような表情になって、その頼りない目にものすごくやさしくしてあげたい気分と、もっとそんな顔をさせて泣かせたいような欲望が同時にこみ上げてきた。

「ほかの、とこも、触っていいですか」

「なん、なに……っ、あ」

きゅっと手のひらに包んだものを一瞬強く握ると、颯生の声が歪《ひず》んだ。喘ぐとまではいかなかったけれども、その反応を引き起こしたのが自分の手のひらだと思うと、それだけで謙也は嬉しかった。

颯生の瞳が、少し潤んで揺れていた。戸惑いと羞恥《しゅうち》と少しの怒りが綯《な》い交ぜになったその目がひどくきれいで、吸い寄せられるように顔を近づけ、震えている唇に触れる。

そして、見た目の通りふんわりとしたその感触を知ってしまえば、もう止まらなくなった。

「ん……！」

驚いて胸を押し返してくる颯生の両腕を摑んで、しつこいようなキスをした。歯列を舌でこじ開け、闇雲に舐めまわすそれは強引で乱暴で、自分がこんなことをできるとはいままで思ったこともなかった。

「ちょ、ん、はむ、……んんっ」

「うわ、おしり、やわらかい」

「な、なに言ってんですか。つか、なにしてんですかっ」

すべすべと丸いそこに両手をかけて撫で回しながら、唇も頰も、ほんのり赤い耳朶《みみたぶ》にも忙しなく口づける。どこでもいいから触りたくて触りたくてしかたなく、獣じみた呼吸を漏らす自分がほんとうに恥ずかしいと思った。

「すみません、なんかもう、止まりませんっ」

「ま、待てって、……うわあっ」

そのまま突き飛ばすような勢いで、背後にあったベッドに押し倒す。抗議の声をあげかけた唇をまた塞いで、今度は胸の上に両手を置いた。こりっと小さい乳首の感触を手のひらで知って、覚えず謙也は呻いていた。

「三橋さん、なんでこんなエロいんですか……っ」

「ちょっと、俺じゃないでしょ！　エロいのそっちでしょうっ」

じたばたともがいた身体を、力の限り抱きしめる。

「……逃げないでください。お願いです」

いままで謙也は性的な部分で、ごく淡泊なほうだと思っていた。なのに、颯生の裸を見た途端ものすごい勢いでボルテージが上がって、もうなにがなんだかわからないのだ。

「ひどくしたくない、お願いです。三橋さん、抱かせてください」

「羽室、さ……」

囁《ささや》くような声は、懇願の言葉を紡いではいたけれど、響きは既に命令に近かった。いま逃げられたらきっと自分が、引きずり倒してでもひどいことをしてしまいそうな、そんな気がした。

たぶん、じっと颯生を見下ろす瞳も獣じみたものになっているだろう。一瞬、組み敷いた相手が怯えたような表情を浮かべたのがその証拠で、気の強い颯生らしからぬその弱々しい瞳に、背中がぞくぞくした。

「いいですか」

もう一度、唇を重ねる。触れあわせて擦《こす》りつけているだけではすぐに満足できなくなって、貪《むさぼ》るように吸って、噛んで、舐めまわす。

「抱いて、いいですか……？」

吐息だけの濡《ぬ》れた問いかけに、もはや颯生からの答えはない。ただ、謙也のシャツをきつく握りしめた指の震えが許諾を知らせ、ふっつりと謙也の中でなにかが切れる。

「あ、あ……っ」

細い肩を摑んだまま、そこかしこに唇を這《は》わせた。中途半端に煽《あお》ったままの下肢の間にあるものも、執拗《しつよう》なまでに撫でさする。

ベルトが当たって痛い、と颯生が言うので、慌てて服は脱いだ。素肌に直《じか》に触れた熱のこもる細い身体は、やはりやわらかなふくらみはなくて、それでも抱きすくめると痺《しび》れるほどに気持ちよかった。

「乳首、感じるんですか？　おれ、ここも、してもいい？」

「いちいち、訊くの、やめてください……！」

好奇心丸出しの質問を投げかけるたび、颯生がひどく傷ついた瞳をするのも気づいていながら、触っていいのかと言ったあとにはもう止まらなかった。

（やばい。頭、煮えそう）

手順もなにも、あったものではなかった。ただ触れたいと思った場所に片っ端から触れて、唇でも指でも、颯生の感触を感じられる場所すべてを使って知りたかった。

（奥まで、もっと知りたい）

表面を撫でているだけでは、飽き足らない。奥の奥――あのサイトで見たように、きれいな脚を開かせて、その濡れた粘膜まで、身体で知りたい。そう思った謙也の手は無意識に腰の丸みへと這い、さきほど揉みしだいた尻を探った。

「……っ、は、羽室さんっ？」

どこか投げやりに、けれど声を嚙んで身体を震わせていた颯生がそこで、びくりと竦みあがる。すらりとした脚がもがくようにシーツをかいて、それでも謙也はそこに触れる手を止めなかった。

「ここ……で、いいんですよね？」

「ひ……」

肉のあわいを両手で開き、奥の窄《すぼ》まりを撫でる。当然濡れているわけもなく、そういえばローションとやらを使うのではなかったかと、煮え切った頭で謙也は思った。

（こういうホテルなら、確か……）

枕元にそれらのグッズがあるのではないだろうか。だいぶ以前に利用した際の知識を掘り起こしつつ、ベッドヘッドの引き出しを探ると案の定、小さなボトルがある。手探りで摑んだそれに颯生が気づくと、どうしてか彼はショックを受けたような顔を見せた。

「……そこまで、するんですか？」

「え、なに？」

いまさらの問いに、謙也こそが驚いた。もういいかげんここまで来て、いまさらなしはないだろうと思って見下ろすと、颯生は困惑と怯えが綯い交ぜになったような表情で目を逸らし、息をつく。

「いえ、……なんでもないです。いいですよ」

そのとき謙也がふと思ったのは、一方的にこっちが抱くつもりでいたけれど、もしかして颯生は逆がよかったのだろうかと、そんなとぼけたことだった。しかし、抱いていいかと訊いたのだし、それでこの状態になっているのだからもう、かまわないだろうと、欲情に理性を失いかけた謙也は身勝手にも思う。

「痛かったら、言ってください」

それでも細い肩が竦んでいるのが痛々しくて、なんの慰めにもなりはしないだろうし、痛いと言われてやめられるわけもないと思いつつ、それだけは告げた。かすかに震える唇を噛んだ颯生は言葉を返すことも頷くこともしなかったけれど、否定の態度も見せないままだった。

膝《ひざ》を曲げて開かれた颯生の身体のラインが、冗談みたいにきれいだと思った。確かに高ぶった男の性器がその間にそそり立っているのに、萎えるどころか興奮している自分に気づくと、謙也は意味もなく口元がゆるみそうになる。

（うわ、ちっちゃ）

ぬるっとした液体を手にとって、開かせた脚の奥に塗りつけてみる。颯生は縋るさきを求めるように枕をきつく握りしめていて、謙也の獣めいた視線に晒《さら》されることに必死に耐えているようにも思えた。

（やさしく、したいな。できるかな）

どのくらいの量が適当なのかわからず、とにかくべっとりに濡らしてゆっくりと中指を滑り込ませると、ん、と颯生が息をつめた。うっすらと肉の載った下腹部がへこんだのが生々しく、思わず喉を鳴らしながらも、謙也はできるだけゆっくりと指を動かす。

みっちりと肉が巻きつく感触に、目眩《めまい》がしそうだった。このまま食らいつきたいような衝動を堪え、黙々とその場所を拡げることに専念していた謙也は、小さな声で颯生に名を呼ばれ、びくりと肩を竦める。

「……羽室、さん」

「は、はい？　い、痛いですか」

切れ切れのそれだったけれど、ベッドに倒れ込むなりようやく颯生が発した意志ある声だった。聞き逃してはいけない気がして、謙也自身あがりきった息を堪えて問い返すと、違う、と彼は囁いてくる。

「違う、そこ……もうちょっと、上の」

「ど、どこですか？　もうちょい、奥？」

痛くしたくないあまり慎重になりすぎて、もどかしさを与えてしまっていたようだ。颯生の少し苦しげな、痛いのを堪えるような表情と声だけでもぐらぐらになりながら、謙也はまじめに問い返す。

じっと目を見つめながらのそれに、なぜか颯生はそっと笑った。なにか、しかたないと諦めたような、許すような微笑みに、身体の興奮とは違う意味で、謙也の心臓が早鐘を打つ。

がっつくような謙也を、拒絶もしないけれど受け入れてもいなかった颯生が、ちゃんと感じてくれている。ひどくそれが嬉しくて、「教えてください」と囁き返すと、颯生は頷いてくれる。

「うん、上……そこ、こう、ね？　こうして」

赤らんで潤みきった瞳をとろりとさせたまま、颯生は手のひらを上に向けて、揃えた指の真ん中、一番長いそれだけで軽くなにかを撫でるような動きをみせた。

（手が、……手までやらしい。このひと）

きれいで細い指が曲がり、くいっと目の前で動くさまはあまりにいやらしくて、ごくんと唾《つば》を飲んでしまう。ぞわぞわと背中に這いのぼる感覚を堪えながら、謙也はどうにか言われた通りにした。

「こ……こう？」

「んん、そ、それ……っ、ああ！」

ねっとりした襞《ひだ》の中、教えられた場所には少しほかと違う感触のする部分がある。謙也がそろっと撫でると、颯生は歯の奥が痺れるような甘い声をあげ、仰け反った。

冷静でいようと努めていた彼の、はじめて見せた鋭敏な反応に謙也はいよいよのっぴきならなくなって、痛いほどになってしまった自分のそれを、なめらかな太ももに擦りつけてしまう。

「三橋さん、ここ？　これでいい？　気持ちいい？」

「んっ、も……訊かない、で、くださ……っ」

見ればわかるでしょうと涙目でなじられて、ぞくぞくした。気の強い、大人でしっかりした颯生が涙ぐむさまは、どこか頼りなく幼く見えてかわいい上に、喘ぐたびにそのとろとろした粘膜が謙也の指を吸っているのがわかるのだ。

あたたかくて濡れていて、すごく気持ちいい。入れているのは指先だけなのにまるでそこが射精するための器官になったような気さえする。そんなところにこんなモノを入れたら、自分はいったいどうなってしまうんだろうと思うと、謙也は少し怖くなる。

それもこんな、色っぽい顔をして喘いでる、きれいなひとにだ。ほんとうに大丈夫だろうか。どうにかなってしまわないだろうかと、だんだん不安になってきた。

（でも、入れたい）

どうしていいのかわからない。ただ繋《つな》がってもっと深くまで、颯生を知りたいし、自分のこともちゃんと、教えたい。

「三橋さん……ここ、おれ、入れていいですか」

「え……」

もどかしい熱に突き上げられて、謙也は「ここに入れたいです」と颯生をかき抱いて訴える。その瞬間、ぎくりと腕の中のひとが身を竦ませた気がしたけれども、もういまさら、引き返せなかった。指でさえも狭いと感じる場所だ。本来無理もあるだろうし、痛くするかもしれない。それでも欲しくて、もらえなかったらきっと、おかしくなってしまう。

「すごく、入れたいです。だめ、ですか」

じっと目を覗き込んで、汗に濡れたきれいな顔をなだめるように撫でた。颯生はやはり困った顔をして、潤んだ瞳を少し泳がせ——それでも最後には、頷いてくれた。

「……だめじゃ、ないです。でも」

だったらゴムつけて、と呟く颯生の声が、苦いものを含んでいる気がしたけれど、許されたという事実に舞い上がった謙也はそれを深く考えられる状態ではなかった。

ホテルに備え付けのそれをとにかく装着して、颯生のそこに高ぶりきったものを押し当てたあとはもう、ただ夢中になっていて。

「う、あ、……あ……！」

大事ななにかが掛け違っているような違和感を確かに覚えていたくせに、颯生の甘くせつない声の前にそれは霧散してしまう。

「三橋さん、やべ……気持ちいい……っ」

「あっ、あっ、やだ、すご、い……！」

こんなにしたら壊してしまうと思うのに、細い腰を鷲掴《わしづか》みにして揺さぶった。突き上げて奥を暴いて、颯生が泣いても離せなかった。むしろ、泣かれてもっと、興奮していた。

（やばい、すごい……怖い）

こんな自分はおかしい。もうやめてあげないといけないと思うのに、貪るように嘖《さいな》むように、颯生を抱くことがやめられなかった。

そうして謙也は、濡れてやわらかな、未知の快楽をくれる颯生の身体に、溺《おぼ》れてしまった。

＊　＊　＊

勢い任せで行動したあとに、後悔が襲ってくることなど、いい歳をした大人なら知っていてしかるべきだ。

それでも衝動に身を任せたかったのならば、リスクを背負ってしまうこともやはり、頭のどこかで納得しておくべきことだろう。

痛みがあっても、苦しくても。

色恋がらみであればなおのこと、割り切るときには割り切らねばならない。それが大人のルールだと颯生は思う。

しかし、だからといって、合意の上でのセックスののち、一方にだけその責任を負わせるのはいくらなんでもひどいと思う。

「……羽室さん？　手が止まってます」

「は、はいっ。すみません」

指先で机を三回叩くと、びくっと謙也が肩を竦ませて返事をする。その間もやっぱり、目が合わない。

これじゃあ、どっちが食われたものかわかりはしないと、颯生は苛立ちもあらわにため息をつく。

爛《ただ》れたような夜をすごしたあの週末から、一夜明けるなり謙也はやはり、変わってしまった。それはもう、あのころの挙動不審さやぎこちなさなど比較にはならないほどに、颯生に対してガードが固い。

なにしろ、週が明けてセックス後初の打ち合わせのときには、目が合うなりものすごい勢いでそれを逸らされたのだ。

（シカトか。つか、そこで避けるか）

ショックを受けたのは言うまでもないが、それでも仕事があるのが泣けてくる。颯生はもう割り切って進めるしかないと思っているから、できる限り平静を装っているのに、謙也がまったくどうしようもないのだ。

「あの、じゃあ、これ。書類確認してください」

「……羽室さん、これ日付違います」

「あ、あ、すみませんっ」

凡ミスはさらにひどくなった。態度もおどおどとしたままで、あれから三週間は経《た》つというのに、謙也はいっそ怯えるように颯生に身構えたままでいる。

ため息をついて、颯生は手の中の書類を見つめた。この数ヶ月、謙也とともに打ち合わせを繰り返してきたフレシュも既にワックス原型から鋳型を取り、外注の職人の手で生産に入っている。

今日クロスローズに来たのは半分以上挨拶と顔つなぎのためだけで、契約書の確認しかすることはない。たったそれだけの時間さえも、謙也は平静な顔を保てていないのだ。

目が合わないどころではない。うつむいたまま、顔さえ見ようともしない。少しでもこちらが近寄ると、怯えたみたいに身体を引く。

（わかっちゃ、いたけど）

こうまであからさまな拒絶を受けたのは、さすがにここ数年ない。颯生もびりびりとした怒りのオーラを隠そうともしないから、ふたりの周囲にはさきほどから、誰も近寄ろうとしなかった。

「三橋ちゃん、なによ。羽室と揉めた？」

「——あっちに訊いてくださいよ」

休憩室でコーヒーをもらっていると、ひとのいい野川が、打ち合わせのたびに営業部の温度が下がると訴えてきて、知ったことかと颯生はそれを切り捨てた。

実際、ここまで最悪なことになるとは、颯生自身思ってもいなかったのだ。というより、謙也の見せるあまりにあからさまな態度に腹が立ってしかたない。

（あの朝……）

ホテルで目覚めてまず、謙也の呆然としたような表情が目に入った。案の定のそれに、颯生もうなにを言う気力もないままで、言葉も交わさずに別れた。

それはしかたない。絶対に後悔すると思ったし、それを思い知らせてやりたかった部分もある。しかし。

（抱かせてくれって言ったの、そっちだろうが……なんであんなに怯えるんだ！）

正直にいって、あれは颯生が取ってしかるべき態度だと思う。あの夜の謙也ときたらそれはもう、獣としか言いようのない激しさだったのだ。颯生の身体に執着するみたいに、山ほどの嚙み痕《あと》やキスマークを残して、シャワーのたびひりついてかなわなかった。

（腰は、がくがくになるし）

実のところ、颯生はアナルの経験はさほどないのだ。もともとヘテロだった謙也は、セックスといえば挿入までをフルセットと思っているようであったけれど、ゲイセックスでそこまでに至るのは嗜好と体質の問題もあってそう多くないし、颯生もそれほど好きではない。

相当に久々だった上にろくな準備もないまま、ほんとうに女相手にするようにされて、あのあと三日は腰がつらかったし、最中もほんとうに苦しかった。

やめてくれと何度も訴えて、もがくように肩を引っかくとその手首をきつく握られ、指先を嚙みながら、謙也は言ったのだ。

――泣かないで。かわいくて、もっと……しちゃうから。

うっかり思い出した囁きを、颯生はぶんぶんと首を振って振り払う。

（あんなの謙ちゃんじゃない……っ）

颯生の心のアイドルは、あんなにエロ魔神であっていいはずがなかった。そもそも、男を抱きたいなどと、言ってはいけなかったし――なにより颯生はそれに、頷いてはいけなかったのだ。

　そして、もうひとつ不愉快なことがある。

（……だから、なんで見るかな）

　避けまくっているくせに、颯生がこうして謙也に背を向けているときなどは、鬱陶しいほどの視線がこちらをうかがっているのがわかる。あげく、不意を突いて振り返ってやると、あからさまにうろたえて顔を背ける。

　きりきりと眉を寄せて、颯生は日付を訂正させた契約書を握りつぶす。さきほどの打ち合わせ中にも、次回のデザイン依頼の話ははっきりとは出ないままだったから、場合によってはこれでもう二度と謙也とも会うことがなくなるのだ。

　これがオチか。興味本位で男に手をつけて、おどおどとうろたえるような最低な人種だったと、そうして謙也を見下して終わりになるのか。あんまりな幕切れに颯生はきつく目をつぶり、そして意を決したように謙也を睨みつける。

「──羽室さん」

「は、はい」

　帰り支度を済ませた颯生がつかつかと近寄ると、謙也の骨っぽいけれど広い肩がびくりと竦んだ。

「俺はこれで失礼します。それで……例のやつ、どうします？」

「れ、例のって……？」

「シャアザク。取りに来ます？　それとも送る？」

あれっきりなかったことにされていた約束をあえて口にしたのは賭けだった。もうこれで謙也がいらないと告げたなら、二度と会うつもりはなかった。残務処理も、あとは郵送だけで事足りてしまうし、後腐れもないのが実際なのだ。

どうする、と挑むように颯生は長身の青年を見上げる。その甘い顔立ちには、やはり困惑と怯懦《きょうだ》のようなものが滲んでいて、これが見納めだろうかと思うとやはりせつなかった。

しかし、謙也は長い逡巡のあとに、颯生の予想とは反対のことを口にする。

「取りに行って……いいですか？」

「え？」

「ご都合がよろしければ、……今日、とか。残業ないと思うんで、たぶん六時にあがれると思うんですけど」

ためらいの色もひどく、目も合わせようとしないくせに、謙也はぼそぼそとうつむいたまそう告げた。よく見れば形のいい耳のあたりがひどく赤くて、颯生はざわっと胸が騒ぐ。

（気持ち悪いって態度でも、ねえんだよな）

その赤みの理由を知りたくて、一歩踏み込めばまた謙也は顎を引く。颯生は口調だけは慇《いん》懃《ぎん》に、だが抗《あらが》うことを許さない響きで言い放つ。

「じゃあ、今日。俺の家、住所はご存じですよね？」

「あ、はい。わかります」

待ってますからと告げるそれに、謙也はこくりと頷いた。その従順な様子にため息をついて、失礼しますと頭を下げた颯生はすれ違いざま吐き捨てる。

「……いちいちびくつくのやめてください、不愉快です」

「あ、え、……す、すみません。でもあの」

ぴしゃりとした言葉に、謙也はびくっと肩を強ばらせた。そのあとに続くはずであろう言い訳を聞きたくはなく、颯生は足早にその場を去っていく。

とにかく、今夜。ここ数週間の不愉快さに関してだけはきっちり文句をつけて、みやげの品とともに謙也に引導を渡せばいいだろう。

一度限りとはいえ、寝た相手に対してせめてものマナーくらい守ってくれと言ってやる。

そして、きれいさっぱりさよならだ。

「大丈夫。ちゃんと、忘れてやるからさ……」

堅い決意と裏腹に、呟く声は力無く、自分が思うより傷ついていることを知る。しかしそれもやはり、自業自得の痛みだろう。

大丈夫。胸の中でもう一度繰り返して、颯生はきつく唇を噛んだ。

これから家に戻って、謙也を待つ。長い夜になりそうな、気がした。

＊　＊　＊

帰りしなに上司に捕まったとかで、謙也が颯生の家を訪れたときには既に夜の九時を回っていた。ドアを開くなり、途方に暮れたような顔をして立っている長身の男に、それでも逃げなかったのだなと颯生は思う。

「わざわざどうも。で、これ」

「あ、けっこう大きいですね……やっぱり」

颯生は、とにかくあがってくれと告げた。さほど広くはない2LDKの部屋は空間を少しでもゆったりさせるため、居間も寝室も間続きになっている。背後のベッドを所在なさげに眺めた謙也をソファに座らせ、まずはとずっしりしたザクを取り出す。

持って帰れるよう、簡単に梱包《こんぽう》して丈夫な袋につめたそれを、感嘆したような表情で眺めた謙也は、その瞬間だけはここしばらくの屈託を忘れたようだった。ちょっと嬉しそうにほころんだ口元に、ちくりと性懲りもなく胸が痛んで、颯生はあえてつっけんどんにマグカップを差し出した。

「コーヒー、インスタントですけど」

「あ、おかまいなく……」

謙也の、持て余しそうな長い脚が低めのソファからはみ出ている。こんな風に、背が高いのになんとなくかわいらしく身を縮めるようにする控えめな所作が好きだったなと、颯生は立ったままコーヒーを啜って考えた。

そう、好きだった。淡い好意などでなく、確かに恋をしていたのだろう。

仕事相手だから、ノンケだろうからと、考えまいとしてずっと自分を戒めてきただけの話だ。浅はかな挑発を向けて壊してしまったやさしい気持ちを颯生は哀しいと思う。

(かわいかったのに、な)

謙也の態度に腹は立っていた。だがこうしてふたりきりになれば、怒りきれない自分がいて、自嘲の笑みが浮かんだ。

それでも、終わりをきっぱりしなければ気が済まない性分の自分がいるのは否めない。

「仕事も終わりですし、これでお会いすることもないですよね」

「……え?」

しばらくの沈黙のあと、できるだけ感情を抑えた声で颯生が告げると、謙也ははっとしたように顔を上げた。

「あなたも、わかったんでしょう? 男の味試して、結局気持ち悪かったんだと思うけど、その辺割り切ってもらえませんか」

「え、えっ? あの、三橋さん?」

冷めた顔のままつらつらと言葉を綴ると、謙也はどこか呆然としている。安堵のあまりの放心だろうかと思いつつ、颯生はなおも自虐的な台詞《せりふ》を吐いた。

「まあ、今後どっかの催事とか……機会があれば仕事で顔を合わせることもあると思うけど、お互い楽しんだってことで、引きずらないでもらえます？」

だが、コーヒーを啜って颯生が言い渡したそれに、謙也は顔を青ざめさせている。

「それ、どういう……意味、ですか」

「どうもこうも。遊びだったんでしょ？　俺、そういうの曖昧にしとくの、やなんです。だから、あれっきりって言ってるわけで」

言葉が途切れたのは、いきなり立ち上がった謙也に腕を摑まれたからだ。

「ちょっと、なんですかいきなりっ」

颯生は手に持っていたカップを取り落としそうになって慌てる。しかし、その後続いた謙也の言葉の意外さに、そんなことはどうでもよくなった。

「あの、すみません。お、おれ、ふられるんですか、やっぱり」

「……は？」

「ノンケとかバイとか嫌いって仰《おっしゃ》ってましたけど、それが理由ですか？」

なにを言ってるんだ、と颯生は目を丸くする。こちらが穏便に終わらせるべく、嫌な話まで切り出したのに、謙也はいっそ悲愴な顔を見せるのだ。

（なにこの反応。どゆこと？）

これじゃあまるで縁が切れるのを謙也は望んでいないようじゃないか。

（それともなにか。セックスはしたいってことか？）

いやなことを思いついてしまった颯生は不愉快さもあらわに言い捨てる。

「羽室さん。あんな真似しといてなんですけど、俺、セフレはいらないんですよ」

「え、は？」

「だから。お試しのセックスなら一回でおしまい。それでいいでしょう？」

「な……ちが、違います！」

「なにが違うってんですかっ」

手を離せと、長い腕を振り払う。少し距離を取った位置で睨み合うようにしながら、颯生はさらに表情を険しくした。

「だいたいね、言ったでしょう。なんであぁ、ひとの顔見ちゃびくびくするんですか。俺が強姦でもしたみたいじゃないですか」

「そ、れは……すみません」

指摘したことには謙也も自覚はあったようで、しゅんとうなだれる。それはひどく哀れなように映るけれども。

「謝れっつってないですよ、なんとなく想像はついてたし……だから、もう会わないで済むんだからいいでしょう？　それともこの期《ご》に及んでいいひとぶりたいんですか？」

「そんな……そんなんじゃ」

　ずけずけと言うと、謙也はさらに青ざめる。ひどいことを言っているとわかってはいても、簡単に許せないほど、颯生はこの数週間苦しかったのだ。

「それ持って、帰ってください。俺の作ったもんなんかいらなきゃ、その辺で捨ててってでも」

「三橋さん、待ってください、違います」

　嘲笑を浮かべながら、ずきずきと胸が痛くなる。顔が歪みそうでとっさに背中を向けると、長い腕が肩にかかった。

「……っ、触るなっつってんだろ！　なんなんだよ、ひとの顔見るなりおどおどして、さんざん避けて……気持ち悪いならそれでいいから、もう帰れ！　その顔、二度と見せんなっ」

「やです！」

　はたき落とした手を、しかし謙也は引っ込めなかった。それどころか、まるで抱きしめるように長い腕を伸ばして颯生のカップを奪い取る。

「やですって……ちょっと、いいかげんにっ」

「おれの態度が悪かったの謝るから、自分のこと貶めるようなこと言わないでください！」

　怒鳴る颯生の声を上回るほどの声量で、謙也が哀しげに叫んだ。その勢いにも、言葉の内容にも面食らっているうちに、取り上げられたカップをテーブルに置いた謙也に捕まえられる。

「すみません。この間から、おれ三橋さんになんか、いやなことばっかり言わせてます」

「な……に」

「そうじゃないんです、違うんです。避けたんじゃなくて……おれ、どんな顔していいか、わかんなかったんです」

ごめんなさい、と何度も眉を下げて謝ってくる謙也は、颯生の目元に長い指を触れさせた。そっと拭《ぬぐ》うような仕種に、颯生自身気づかないまま瞳が潤んでいたことを教えられて、はっと身じろいだ肩を抱き込まれた。

「あんな態度取って、三橋さんが不愉快になってもしかたないです。でも……おれ、顔見てるとなんか、普通にできなくて」

「……後悔してるんでしょう」

最初からわかっていたことだと颯生が皮肉に笑っても、謙也は腕をゆるめないままだ。

「後悔は……あんな、勢いでしちゃったことについては、ちょっとしてます。でも、そういうんじゃ、ないです」

わかってください。ぎゅうっと抱きしめたままの謙也が、やけに真摯な声で訴えてくる。

「なに、わかれってんですか」

子どもが頼りなく縋るようにして颯生の背中を抱きしめて、そのくせ長い腕も広い胸も、颯生を簡単に包んでしまえるのだ。

「好きなんです。ちゃんと好きです。それで……し、しちゃったら、もっと好きになっちゃって、顔見るとあがっちゃって、なに喋っていいかわかんなくなって」

訥々《とつとつ》と語る謙也の言葉は、不器用だからこそ誠実さが滲んでいた。

「あんなことになって、いまさら好きとか言ってもきっと、三橋さん信じてくれないだろうし。どうしていいのかって考えて……それに、ひどくしたから」

そっと頬を撫でられ、いたわるようなやさしい触れかたに颯生は一瞬肩を竦めた。

「あのあと、きつかった、ですか？」

甘い痺れが謙也の触れた場所から這いずるように背中にまで落ちていく。じっとこちらをうかがっている瞳も、嘘をついているようにはとても思えないけれど。

(好きだって？　なんの冗談だ。あんだけびびって、避けまくっておいて)

この数週間のかたくなさを思えば、あっさりとそれを信じる気にはなれず、颯生は居心地がよすぎて離れがたくなりそうな胸を押し返す。

「ひどくしちゃったから？　せめて好きだって？　——慰めのつもりですか？」

「違いますっ！　ほんとうに、おれ三橋さんが」

勢い込んだ謙也の肩を軽く、なだめるように颯生は叩いた。

「あのね、羽室さん。この間も言ったかもしれませんけど、あなた刺激の強いサイト見たせいで、なんか勘違いしてるんですよ」

「そんなんじゃないですってば……っ」

純情そうな謙也の顔を見つめて、大人になりなさいと告げた颯生を、まるで睨むようにして唸《うな》った謙也へ、首を振った。

「いまはちょっと熱に浮かされてるようなもんなんだから。羽室さんもともと、ゲイじゃないんだし」

勘違いだと言った颯生に、謙也は怒ったように眉間を険しくした。

「もともとそっちじゃないと、だめなんですか？　自覚が遅かっただけかもしれないじゃないですか……そういうの、いけないんですか？」

往生際が悪い。いっそおかしくなって、颯生は笑いながらたしなめる。

「そうやって勢いで、あとで後悔するようなこと、言わないほうがいいです」

「なんで後悔するって決めつけるんですか。どうしておれの気持ち、そうやって流しちゃうんですかっ。好きだって言ってるのに、なんで信じてくれないんですか！」

「……だから、それが思いこみっていうか」

物珍しい手合いに惑わされているだけだと颯生がため息混じりに言うと、「だったら教えてください」と、睨むような縋るようなまなざしで謙也は言い放つ。

「四六時中あなたのことしか考えられなくなって、ずっと見てたいし触りたいって思うし、頭の中全部三橋さんのことしかないし、抱きたくて、でも嫌われたかもって思ったら苦しくって、……これ恋じゃないならなんなんですか⁉」

居直ったように問いかけられ、颯生もさすがに言葉につまった。それは確かにほかの言葉で置き換えられるものではないかもしれないと、反射的に思ってしまう。

「でも、その。うっかりきわどい経験して、その気になってるんじゃ」

だがそれでも、刺激的なセックスに惑っているだけなのではないかと颯生が言うと、謙也は「そこまでばかじゃないです」と怒り出すのだ。

「おれそこまで、ガキじゃないです。そりゃちょっと、のめり込むと止まらないとこはあるけど、でも基本的にこんなテンション高いタイプじゃないんです」

「そう……でしょうね」

なんとなくそれは颯生にも納得がいった。謙也は温厚な性格をしているし、やや思いこみは激しいけれども、基本的には慎重だというのは仕事を見ていればわかる。興味本位で危うげな火遊びに手を出すほど愚かではないだろうとも颯生は思っていて、だからこそ今回の件でひどい落胆を覚えたりもしたのだ。

「勘違い勘違いっていうけど、恋愛なんかみんな勘違いみたいなもんじゃないですか」

本気の恋と錯覚と、どう違うのか。もし自分の気持ちがそれであるというのなら、はっきり違いを教えてくれと迫る謙也に、颯生は完全に気圧《けお》された。

「だいたい、大人でつきあいたいって言った場合に、性格がいいなあって思って状況的にもOKだったら、そのあとはエッチしたいかどうかしかないじゃないですかっ」

「ひ、開き直らないでくださいよ」

「だってやっぱりカラダ目当てだと思われて、おれ情けないんです！」

逆ギレした謙也は本気で悔しそうに、赤らんだ目元を潤ませる。

たぶん謙也のようなタイプは、恋愛でものんびりふんわりしたものを好んで、やさしく手をつないでゆっくり隣を歩くような、そういう恋をするのだと思っていた。そういう彼が好ましかった分だけ揺り返しは大きく、だからきつく咎《とが》めるような真似もしたのだが。

（それだけじゃ、ないのか）

まっすぐに颯生を見据えた瞳には、普段のおっとりした彼の中にこんなものがあったのかと思うほどの激情が溢れている。うっかりと見惚れて、引き込まれそうなほどの。

「でも、顔見て、怯えたじゃないですか。なんか、あれじゃ俺が悪いみたいな」

それでも恨み言が口をついて、目を伏せた颯生に謙也はまた「すみません」と告げる。

「怖かったのは、ほんとです」

やっぱり、と颯生が落胆するよりさきに、謙也はそれを、颯生のことではないと言った。

「怖かったの、自分です。おれ、あんなに自分がやらしいって知りませんでした」

「羽室さん……」

「すごい、もう、三橋さんに触りたい入れたいってそればっかで、すごい怖かった」

恥ずかしいです、と口元を手の甲で覆って、少し震える声で目元をくしゃくしゃにする謙也に、うっかり颯生はときめいてしまう。

(俺にじゃなくて、自分にびびったって?)

それでは、嫌悪して避けられていたわけではなかったのかと、それだけはほっとする。

しかし、言っている内容は結局即物的で、ごまかされるなと颯生はかぶりを振った。

「それ結局、身体だけじゃないですか。俺の人間性とか性格とかどうでもいいんでしょう」

期待してはまずい。身体からはじまった関係など、きっとあとでつらくなるのは互いに同じだと颯生が言いかけたとき、謙也はまるで自虐的な颯生に怒ったように、なんでわからないんだと言った。

「どこがですか！　三橋さんの性格なんか、おれとっくの昔から大好きです！」

「……へ」

「きっぱりしててかっこいいし、才能あるのに傲《おご》ってないし。自信持って自分の生きかた貫いてるんだなって尊敬してました。強気なこと言うのも、そういうのおれできないから、憧れてました」

過分な褒め言葉に、颯生は赤くなってしまう。ただ自分は野放図に好き勝手してきただけで、むろん仕事にはまじめに取り組んだけれども、生意気な態度だと睨まれるのが大半だった。それを謙也はそんな風に捉えていてくれたのかと思えば、嬉しくないわけがない。

「ずっと、いいなって。きれいだなって。でも男のひとだし、そういうんじゃないやって。けど、ゲイって……聞いて、じゃあおれが好きになるってパターンもあるんだと思ったら、だーって、なんか一気に来ちゃったんです」

それでもだめなんですかと、目の縁を赤くして告げる謙也にただ圧倒されて、颯生はもう反論の言葉もなくなってしまった。

(なんでこう、まっすぐかなあ)

きれいな目で泣きそうな顔をして、こんなに一生懸命口説かれてしまえば、どうせ気まぐれか、なにかの勘違いだと決めつけた自分がすれっからしに思えるではないか。

「ほんとに、好きなんですか」

「好きです。……大好きです」

それでも疑り深く問いかけると、即答とともに震える手がぎゅっと颯生の指を握る。信じてくれと訴えるその力の強さに、これはもう観念するしかないかと颯生はうつむいた。

「……でも、羽室さんが考えてるみたいな人間じゃないですよ、俺」

なにがですかと、自嘲した颯生にむしろ怒ったように、謙也は握った手を強くする。

「きっぱりとか、かっこよくなんか、……してないです」

「でも、おれが見てきた三橋さんは、そういうひとでした。もし違う顔見せてくれるなら、見せてください」

仕事の関係の人間と、恋に落ちたくはなかった。謙也のようにほぼストレートで来たタイプにはなおさら、いつか目が覚めたからと振り捨てられるのが怖かったし、それに。

「俺、そうなっちゃうと人格変わるから……」

「そうって、なんですか。どう違うんですか」

颯生は普段、仕事でつっぱっている分、恋人ができるとその埋め合わせかのようにぐにゃぐにゃになってしまうタイプなのだ。嫉妬《しっと》深いし、べったりもしたがる。だから外面で、クールなところがいいと惚れてくれた相手には、途中からうざがられて嫌われることも多い。

「羽室さんが思ってるほど、大人じゃないんですよ。それでもいいんですか」

「……つきあってくれるんですか？」

ちらりと上目にうかがうと、謙也はあからさまに嬉しそうな顔をした。まだ仮定の話だけどと、往生際悪く前置きをして、颯生は歯切れ悪く言いつのる。

「あの、言っておきますけど俺、けっこう甘えたり、わがまま言ったりしますよ」

「三橋さん、甘えてくれるんですか。嬉しいです」

年上の男にそんな態度を取られたりしては鬱陶しいのではないかと思って、牽制《けんせい》のつもりで告げたのに、ぱあっと謙也は表情を明るくする。

「う……嬉しいんですか」

「や、なんか、いつもお仕事とかでは、こっちが教えてもらってるじゃないですか。けどこれからは、甘えてくれるんでしょ？　それ、頼られてるっぽくて嬉しいし。そういうの、おれ好きです」

恥ずかしくも、ものすごくかわいいことを言われて、颯生のほうが茹であがった。

「あの、あのね。俺、自分で言いますけどわりと恥ずかしい甘ったれかたしますよ、濃いいですよ？」

「……それ、なんかいけないんですか？」

「け、謙ちゃんとか呼んじゃうかもしれませんよっ？　恥ずかしいでしょそんなの！」

まして謙也は、好きになってはいけない相手だとセーブしていた分、歯止めが利かなくなりそうで怖い。失望されても困るのだ、自分はきっととても、傷つくから。

そう思っての前置きを、謙也はこれまたさらっと受け入れる。

「ああ、そんなのぜんぜんいいですよ。あのじゃあ、おれも颯生さんって呼んでいいですか。名前きれいだなーって思ってて、呼んでみたかったんで」

「き、きれいって……は……羽室さん」

あげく少し照れたような顔で、えへっといわんばかりに笑っておねだりまでされた。颯生は、もうどうすればいいのだかわからないままかぶりを振る。

「あなた絶対、モテモテだったでしょう……」

「え？　いえぜんぜん、普通ですけど」

嘘だ。このたらしっぷりは半端じゃない。羞恥のあまり涙目になって颯生が睨むと、ちょっと困った顔をするのもまたずるい。

「……颯生さん？」

そうっと、心ごとゆっくり抱きしめるような声で名前を呼ばれて、心臓がぎりぎり痛くなった。うつむいたままおずおず、すんなりして見えるのに広い肩に額を押しつけると、とても嬉しそうにぎゅうっと抱きしめられる。

「あ、どきどきする。すげえ嬉しいです」

「もう、いいですから……っ」

「大好きです、颯生さん。おれのこと、彼氏にしてください。……お試しでもいいですから」

お願いします、と囁く声に、少しだけ不安が滲む。颯生の身体を抱きしめた腕の力は、すんなりとしたシルエットからは想像がつかないくらいに強くて、もうこれは疑っている場合ではないなと颯生はようやく覚悟を決めた。

「わかりました……じゃあ、つきあいます」

ほんとに、と目を丸くした謙也にさらにきつく抱きしめられ、痛いと思わず笑った颯生が身をよじる。その身じろぎに、うかがうように顎を下げた謙也の唇と颯生の頬が触れあった。

「……俺のほうが、さきに好きだったんですからね？」

「ほんと……ですか？」

颯生が拗《す》ねたように呟く。やわらかに笑んでいた表情は、見交わした視線とその言葉によって真摯な熱を孕《はら》んだものへと変化する。じっと見つめ合ったまま謙也の背中を抱くように腕を回せば、どこか痛みを堪えるようなまなざしで、謙也が頬をすり寄せてきた。

「……っ」

耐えきれなくなったように唇を求めたのは、お互いに同時だった。勢い任せで身体を重ねた日に比べて、痛いくらいに甘い口づけに颯生はうっとりと目を閉じる。

やわらかく啄《ついば》むようなそれから次第に深くなっていくキスに、熱がこもった。かき抱くような腕の強さも、やさしいのに少し強引な舌の動きもひたすら颯生の理性を蕩《とろ》けさせ、ぐずぐずと足下から崩れそうになっていく。

「颯生さん……」

押し殺したような声で名前を呼ばれて、あ、と無意識に声が漏れた。自分の身体の中にある官能のスイッチが入ったことを知り、颯生が明日の仕事や予定をものすごい勢いで検討したのは一瞬。

「……羽室さん、一時間、待てます？」

「え……？」

ぐっと身体を押されて、背後のベッドに押し倒されそうになったのを、静かな言葉で牽制する。どういう意味だか摑みあぐねたような表情をする謙也を、いまさら拒む気はないことを知らしめるため、小さな口づけでなだめ、颯生はこっそり囁いた。

「ゴム、つけないで、したくないですか……？」

「え、あ、……うあ？」

ついでに形のいい耳を嚙んでやると、謙也は一瞬目を丸くして、その後一気に赤くなる。

「この間は勢いでいっちゃったけど、ほんとはいろいろ、準備いるんですよ。女の子じゃないからね」

「そ……そうなんですか？　なんで？」

どういうサイトを見たのかは知らないが、完全に偏った知識の植え付けられている謙也に苦笑して、そのうち実際的な部分も教えてやらねばならないだろうと颯生は思う。

「まあ……その辺は、おいおいで」

だが生々しい現実を教えてやるのはもう少しさきでもいいかなと、颯生は甘やかすように恋人の頰を撫でた。いまはまだ、甘ったるいような感覚に浸っていたいし、それになにより。

（……このひと、自分でやるとか言い出しそうだからなあ。アナルケア……）

その懸念も少しばかり、あったもので。

＊　＊　＊

結局この夜もなし崩し、ベッドになだれ込むことになって、学習能力がないのは自分だろうかと颯生は思った。

それでも、嬉しそうに、とても大事なものに触るように、ゆっくりやさしく謙也の手のひらが触れてくるから、もうそんなことはどうでもよくなってくる。

「……こうで、いいんですよね？」

「ん、あんま……強くしたら、まずいです」

先日の行為で颯生の弱い部分はだいぶ覚えたらしい謙也に喘がされつつも、うしろを使うことに関しての手順はまだ、颯生が教えてやらなければならないようだ。

「ていうかね。羽室さん、ああいう読み物とかはポルノと一緒ですから。そうそう簡単に入るもんじゃないんです」

「そ、そうなんですか」

「あとね、この間みたいにがつがつ……その、突かれると、つらいから」

かげんしなさいと告げると、痛かったですかと眉を下げて、颯生の薄い腹をそっと撫でてくる。慈しむような手のひらの熱にほっと息をつくと、謙也の指がさらに奥へと入り込んだ。

「あの、全部教えてください。やなこと、したくないし、ちゃんと、よくしたいから」

言ってることもやってることもとんでもないのに、その汗にまみれて真剣な表情を見て、どうしていいのか颯生はわからなくなった。

「やさしく、してくれればいいです」

息も絶え絶えでそう告げて、ぎゅうっと着やせする身体を抱きしめる。するとひどくまじめに、それでもやっぱり嬉しそうに、「頑張ります」と謙也が言うからおかしかった。

「ん、ん……」

「ここ……ですよね？」

ゆるゆると指を動かされて、颯生は甘ったるい痺れを覚えつつ頷いた。

風呂に入った一時間の間、なにをしていたのかとても口にはできないけれど、事前準備があればさほどにつらくはない。

また、気持ちの上でも格段にリラックスもしているのだろう。少しでも颯生が呻くたび、口づけと愛撫《あいぶ》でなだめてくれる謙也の触れた場所から、じんわりと愛情が伝わってくる気がする、これも錯覚だろうか。

（まあ、勘違い上等かなあ）

小さく甘く喘ぎながら、ぼんやり霞《かす》む頭で颯生はそんなことを思う。少なくとも、平たい胸を舐める彼の熱意は、疑うべくもないことだろう。

「羽室さん、い、いいから」

「も、いい……？　入れても？」

溶けそうなくらいにくまなく全身を愛されて、ふやけたようなそこが物足りなさを訴える。来て、と脚を開いてさらにきつく抱き合うと、ふと謙也が不満そうな顔をした。

「……なに？」

「颯生さん、呼んでくれないの？　名前」

結局仕事のときと同じ呼びかけをしていることに、引っかかりを覚えているらしい。なんだか拗ねたような口ぶりがおかしくも照れくさく、形のいい頭を抱きしめて囁く。

「……謙ちゃん、きて」

ついでに耳朶に口づけると、広い背中が強ばった。そのあと、呻くような声をあげた謙也にのしかかられ、開いた脚の間に深く、しなやかな腰が進められてくる。

「――……っ」

粘膜が触れあって、一瞬の圧迫感のあと深く暴かれる感触に颯生が声もなく仰け反ると、息を切らした謙也のかすれた声がする。

「……おれ、颯生さんの、声が」

「ん、ん……？　あ、あっ」

「すげえ、色っぽくて、すき……」

ゆっくり少しずつ押し込まれ、髪を撫でられながらそんなことを言われた。ぞくぞくと震えてしまうのが体感によるものか、謙也の少し上擦った声のせいなのかわからないまま、颯生は意味もなくかぶりを振る。

（なんだろ……なんで）

しっとりと熱い謙也の性器が、体内で脈打って、たまらない。無理のある接合に軋《きし》むはずの身体は、ただ悦《よろこ》んで揺らぐばかりで。

「なん、なにっこれ、これ……っ」

「ん、ん、痛い、ですか？」

乱暴にしてはだめだと教えた通り、確かにいきなり激しく動くようなこともしないで、謙也はゆっくりと颯生を穿《うが》っている。けれど、なにがどうなっているのやらわからない状態なのは颯生の身体の中で起きている現象だ。

「や、だあ、なか、びくびく……って」

「う……それはおれのせいじゃ、ないですっ」

颯生の粘膜が信じられないような痙攣《けいれん》をしながら、しつこく謙也を締め付けてしまうのだ。そしてまた謙也のそれも、まるで生き物であるかのように震え、跳ねては伸び上がり、小刻みな揺らぎと相まってとんでもない刺激になる。

（嘘だろ、俺こんな、ここでよくなったことないのに……っ）

滅多にここを使わなかった理由に、指までならなんとかなっても実物を挿入されれば痛いし苦しいのが大抵で、双方しらけてしまうせいだった。先日も感じなくはなかったけれど、なんとか謙也のために我慢していたのがほんとうのところだったのに。

「ああ、いや……っいっいっ……！　なに、やだ、……なに……！」

「颯生、さん？」

いきなりびくびくと身体をのたうたせ、しゃくり上げて感じる颯生に謙也も少し驚いたようだった。しかし、それが苦痛からでないことを、表情とぬめりをひどくした性器で確かめたあと、謙也は歓喜のため息をつく。

「気持ちいいんだ……？　おれの、入れて、こんなに」

「やっ……だ、やだ、いわ、言わないで」

「なんで？　嬉しい。すげえ……かわいい、颯生さんのぬるぬるで」

「ひ、んっ」

「嘘じゃないんだ、こんなに感じてるんだ」

うっとりと告げる口調に邪気はなく、微笑んでいる謙也の表情にそれこそ嘘がないからもう、どうしていいかわからなくなる。おまけに言うことはとんでもないのに謙也の顔は相変わらずすっきりと男前で、けれど目の縁が赤くなっていて、口元はちょっといやらしく笑っているのだ。

（そんな、嬉しそうにエロい顔すんなよぉっ）

普段が爽やかなだけに、謙也の獣のような目つきは凄《すさ》まじく色っぽい。煽られて、きゅんきゅんとさらに硬く大きくなったものを締め付けてしまって、こんなやりかた知らなかったのにと颯生はしゃくり上げた。激しく上下する胸の上、凝《しこ》った乳首もややわやわと舐められたり唇に挟まれて、奥の奥で謙也がぐいぐい動いていて。

そのうち謙也を包んだ粘膜までも、心と同じでどんどんふやけてやわらかくなって、徐々に激しくなる動きを許してしまう。

全部なにもかも、やさしく強引に踏み込まれて暴かれて、ぐちゃぐちゃにされる。

「どうしよ、颯生さん。おれ、とまんない……ひどく、していい？」

「んんん！　もう、し、……してっ」

思いつめたような顔で言いながら、腰を動かしてくる謙也の熱っぽい声がする。耳を嬲りながらのそれにも震え上がって、もうどこで感じていいのかわからないと颯生は両手で顔を覆った。

「ひっ、や、や、やっ！　……そ、そこ、そんな、そんなに」

「ご、ごめん。痛い？」

悲鳴じみた声でいやだと言うと、ぎくりと謙也が肩を竦めた。中に入っているそれも一瞬だけ怯んだように動きを止めて、それがもどかしいともはや制御不能な腰を揺すり、目元を腕で覆ったままの颯生は叫ぶ。

「どうか、なる……おかしく、なっちゃ、から……っ」

「え、……それ」

なにを言っているのか自分でもわからない。舌がもつれてずいぶん幼げな口調になるのも恥ずかしく、けれど颯生はそれどころではないと身体を揺すってさきを促そうとした。

「もっだ、だめ、だめ、きもちい……おね、がい……っ、ひあ！」

「すげ……どうしよう。颯生さんそのしゃべりかた、やばい」

「やっ、やば、って、なにっ、あっあっあ！」

だがそれよりさきに、謙也の性器が凶暴なまでに颯生の奥を突き上げてくる。

「エロすぎ、またおれ、……勃っちゃった」

「う、うわ、……なにっ、こんな」

宣言通り、謙也のそれが内部でまたぶわっと膨らむのがわかる。あげく遠慮会釈もない動きをみせるそれは、颯生の粘膜で性器を擦りあげているのだと露骨にわかる。

（な、なんかもう、ドーブツっぽい……）

穏やかで爽やかで、甘い顔をした謙也のものとも思えない動きの卑猥さにも目眩がしていると、それ以上に凶悪な目で見下ろしてくる彼と視線が絡みあった。

「あ、すげ、きもちい……ここ、なんか、こりこりってする」

「ふう、あっ！　んあ！」

颯生の一番感じる場所に先端を押しつけて、ぐりぐりと擦りつけるようにされた。もう声もろくに出ないまま、ひゅうっと鋭く息を吸い込む音だけがする。

こんなに感じて、淫乱《いんらん》だと思われて軽蔑されはしないだろうかと、怖くなった。けれどそれをたどたどしくも問いかけると「感じてるの、嬉しいです。すごくかわいい」とやっぱりにっこり謙也が笑う。

「颯生さん、いっちゃう？　ね、おれもいっていいですか？　ここ、出しちゃっていい？」

「う、うん、いっちゃういっちゃう……っ、だ、出してっ」

この甘え上手めと少し悔しくなりながら、ゆらゆらとされて促されて、颯生は腰を跳ねさせる。くっと息をつめた謙也が痛いくらいに尻を摑み、首ががくがくするほど揺さぶられて、そのたび長く尾を引く声が颯生の細い喉から迸《ほとばし》った。

「ん、んんっ、……あ、あっい、も……っ」

「さ、颯生さん、おれ、おれ出ちゃう……かも」

「あ、俺も、俺も、も……っ」

しゃくり上げた颯生が、かげんない指で縋った背中にきつい爪痕《つめあと》が残される。一瞬だけかすかに強ばった謙也に気づいてはいたものの、もうそれどころでもないと必死になって、叩きつけるような腰の動きに合わせる。

「ひあ、いっく、いくぅ……っ！」

「う……っ」

叫んで抱きしめた謙也の背中がびくっと強ばり、その後小さく震えながらの彼から、何度かに分けて放たれたものが颯生を濡らした。

（う、うわ……熱い、溶けそう……っ）

どろどろになった粘膜を逆流するなにかが、これ以上ないと思った奥までを犯していく気がした。慣れないその生々しさに颯生もまた震え上がり、縋るようにぎゅうっとしがみつくと、謙也は、荒い息を吐きながら颯生の頬を撫でてきた。

「気持ち、悪く、ないですか」

大丈夫だと返したくても声が出なくて、ひゅっと喉が鳴った。泣き濡れた瞳の端をそっと拭う謙也の気遣いに、胸がつまったせいだ。

「見な……で、下さい」

「あの、なんかやなことしましたか」

「ちが……俺、う……うしろでいったの、はじめて、で」

なんか混乱してるんです。ぼそりと呟いた途端、謙也はきれいな目を瞠り、そのあとへなへなと颯生の肩に顔を埋《うず》めてきた。

「は、羽室さん……？」

「すみません。な、……なんか感動しました、おれ」

ぎゅうっときつく、余韻に震えている身体を抱きしめながら謙也が呻く。目の端に映る耳はやっぱり赤くて、笑ってしまった颯生がそれを引っ張ると、「あ」と声をあげて謙也が目を合わせてくる。

「颯生さん、また名前」

「……はいはい。謙ちゃん？」

苦笑して呼んでやると、あれだけ颯生を翻弄《ほんろう》したくせに、変なところで子どもっぽい彼は満足そうに微笑み、しかしそのあと颯生が耐えきれずに笑い出せば、うっと息をつめた。

「すみません、あの……わ、笑うと、振動が」

「……あ」

まだ繋がったままの場所に響いてしまったものらしい。ひくり、と謙也のそれが角度を変えたのに気づいて、颯生もまた赤くなる。

「あの、でも、さすがに無理……」

「わ、わかってます」

ごめん、と謝った颯生のそれは本心だ。気持ちよさに紛れていたうちはよかったけれど、徐々に快感が冷めてきているいまは、下腹部に鈍い痛みを覚えてもいる。

「すみません、結局……かげんできなくて」

けれど、身体を離し、しょんぼりと広い肩を落とした謙也がやさしく腰をさすってくれる事実に、そんなことはどうでもよくなった。

「いいですよ。……大丈夫」

横たわったまま何度か口づけると、名残惜しそうにそっと謙也が起きあがる。

シャワーを浴びるかと言われたけれど、颯生はまだ怠《だる》くて動けそうになかった。

「じゃあ、さきに借ります。くっついてると、なんかやばそうなんで」

「……はい」

照れ混じりのそれがほんとうに残念そうに聞こえて、颯生はひどく気恥ずかしい。セックスのあとに、大抵の男はじゃれつくのを嫌がるものだけれど、謙也はそうでもないらしい。

去り際、軽く颯生の髪を撫でて背中を向けた彼に、知らず熱っぽい視線を送りつつ、颯生はふと呟いた。

「着替え、どうすっかなあ。この時間じゃ帰れないだろうし」

謙也の姿が消えたあと、ティッシュで簡単な後始末だけ済ませて、だらだらと汗を吸ったシーツに腹這いになる。壁にはハンガーにつるした謙也のスーツがあって、明日あの服のまま出社するのもどうかと思うし、寝るときに裸というわけにもいかないだろう。

(スウェットの下とTシャツくらいならなんとかなるか?)

颯生が甘怠い身体を起こしたところで、謙也が浴室から戻ってくる。

「すいません、お風呂いただきました」

「あ、羽室……っと、謙ちゃん。着替えどうする？」

礼儀正しい言葉と、タオルを腰に巻いただけの格好のギャップがおかしくて、笑ってしまいながら颯生が問うと、ベッドサイドに腰掛けた彼は微妙に視線を逸らしつつも赤くなった。

「……颯生さん、服着てください」

「え？　……あ」

颯生のほうこそ汗が引かなかったせいもあって、まだ素っ裸のままだった。謙也がどこか落ち着かない様子で足下にまるまっていた上掛けを引っ張り、肌をそっと包んでくれるので、颯生は思わず赤くなった。

謙也のそれは見たくないものを隠すというよりも、目の毒だからしまってくれと言われたような気がしたからだ。

「ひょっとして俺の裸とか見て、興奮するんですか？」

「いまさらなに言うんですかっ……ちょ、見ないでください！」

照れ隠しに訊《たず》ねた颯生へ、茹であがったような顔をした謙也ががなる。ひょいと覗き込んだ股間は案の定、まだ落ち着きを取り戻してはおらず、慌てて隠そうとする謙也のけっこう逞しい筋肉がついている腿《もも》に手をかける。

「あの……口で、しよっか？」

「え、ええっ？　な、なんで」

「いや。もいっかいってのは、俺ちょっと、きついんだけど……」

満足してないんだろうと、風呂上がりのタオルの下できつくなっているそれをそっと撫でると、謙也は真っ赤になって口ごもる。

「お、……お願いして、いいですか」

「い……いいです」

しばしの沈黙の末、逡巡の果てのように照れまくった声で言われて、颯生は思わずつられて赤くなりながら、目の前に座った青年のタオルをまくり上げる。

「あ、あの、その前に」

「はい？ ……っん？」

あん、と口を開いて、すらりとした体格に比べても立派なそれを銜えようとすると、大きな手のひらが颯生の頬に添えられる。なんだろう、と思うよりもさきにぎゅっと抱きしめられ、甘ったるくて恥ずかしくなるような口づけをされた。

(手、早いんだか、純情なんだか)

いちいち赤くなってうろたえるくせに、謙也はしっかりすることはするし、おまけにけっこうこれがうまい。とろんと口の中を舐め溶かされるような甘いそれに酔いながら、颯生は少し悔しく思う。

「……颯生さんの舌、気持ちいいです」

あげくにはうっとり潤んだ瞳のまま、嬉しそうに笑って言われて、だったらもう、と謙也のそれを握りしめつつ、颯生は言った。

「ここも、気持ちいいの、してあげます……」

「……っ、う、うわ」

はむ、と銜えた途端に上擦った声で呻いて、謙也が髪を撫でてくる。

ほんとうは颯生はオーラルはあんまり得意ではないのだが。というかむしろ嫌いなのだが、謙也のそれならかまわない。苦手意識を覚えるどころか、感じているさまを見たくてたまらないのが本音だったりする。

さきほどの行為で、颯生の中でいくときに、謙也はごく小さな感極まったような声を出した。アレがもう一回、聞いてみたいのだ。色っぽくて、とてもかわいかったので。

(もーなんでもしてやる)

熱心にそれを舐めしゃぶっていると、髪を何度も撫でられた。頬や耳朶をくすぐるようにした謙也が、浅い吐息混じりに呟く。

「あの、……今日も、なんか、こんなんでしたけど」

「んん……？」

「今度、その。……デートしてください。ちゃんと、映画見たり食事したり、したいです」

それが身体だけの、興味本位のことじゃないかと責めた自分に対する気遣いと、わからないほど颯生も鈍くないけれど。

「こんな最中に言われても、俺、返事できないじゃん……」

「あ、す、すみません」

やっぱりちょっとはずしている謙也に、どうしてもおかしくなって、硬く張りつめたそれから口を離した。でも指は離さない。

「いいですよ、つきあうんでしょ？　どこでも行きます」

「う、ほ……ほんとに？」

そのあとは、デートの約束とやらを取り付けられしつこく念押しされつつ、何度もキスを繰り返しながら、手のひらに謙也の熱を受け止めてやる。

「ん……っ、あ」

肩口に埋まった謙也の唇から、聞きたかったそれより格段に甘い声を引き出して、颯生もかなり満足だ。

ぺったりとくっついて、お互いの肩に顎を乗せる体勢になると、広い肩や背中に走った赤い筋を見つけた。颯生の爪は短いけれども、思い切り引っかいたせいでけっこうなみみず腫《ば》れになっていて、いたずらにつつくと謙也が小さな悲鳴をあげる。

「い、痛いです、颯生さん」

「ははは、ごめん」

涙目になったその表情は、淫《みだ》らな行為をしたあとでも、やっぱり颯生の恋した『謙ちゃん』そのままに、かわいくて少し頼りない。

「……大好きですよ」

そっと呟くように告げると、謙也は言葉なく抱擁をくれる。

（見てるだけでも……よかったのにな）

後悔は、少しだけやはり胸の奥にしこりとして残っていて、それでもいまさらもう、引き返せない。

長い腕に抱きしめられる心地よさを、もう知ってしまった。謙也の体温も口づけも、颯生の肌に馴染んでしまったから。

まだ湿っている髪をくしゃくしゃと撫でて、どうかこの恋愛が彼を変えることがないようにと祈りながら、颯生はその爪痕にそっと、唇を落とした。

不可逆で甘い抱擁

ひとり暮らしの会社員の休日は、けっこう忙しい。たまった洗濯に掃除、取りこぼしていた支払いの始末に不義理をした相手への連絡、食料品の買い出し。

それから——できたての恋人との逢瀬《おうせ》も、大事な必須項目だ。

自分の部屋に招いて、手料理なんか振る舞っちゃったりすると、親密感が増してけっこう楽しかったりするなあと、羽室謙也《はむろけんや》はこっそり思っていた。

フライパンを揺すれば、じゅわっといい音を立てた、中華野菜炒めが躍る。狭い台所では、長身の謙也が料理をすればスペースはもういっぱいなのだが、本日招いた三橋颯生《みつはしさつき》は手持ちぶさたでいるらしく、さきほどから背後をうろうろとしていた。

「あのー、なんか手伝います？」

首を傾《かし》げて問いかけてくる、ちょっと子どもっぽいその態度は、たぶんはじめて訪問した部屋での落ちつかなさからなのだろう。年上で、ふだんは年齢以上にしっかりしている颯生のそういう緊張は、謙也には少しくすぐったい。

「いえ、もうできました。颯生さん、お皿取ってください。大きいヤツ」

「ああ。これでいい？」

できたてのそれをざらりと大皿にあけてテーブルに運び、待ちかまえていた年上の彼氏にどうぞと勧める。このほかにはザーサイと卵と春雨のスープに、チンゲンサイとハムのクリーム煮、チャーシューではなくコンビーフを使ったチャーハン。

連休一日目の午後、時間はたっぷりある。買い置きしてあった青島《チンタオ》ビールも開けて乾杯すると、明るい日差しの中で口にするアルコールに、ちょっと贅沢《ぜいたく》な気分になる。

「あ、うまい！　これうまいです」

「よかったです」

男の料理で大雑把ながら、味はまあまあ自信があった。それでも手料理を食べてもらうのははじめてで、いささか緊張していた謙也は、嬉しげにきれいな唇をほころばせた颯生にほっと安堵《あんど》の息をつく。

「チャーハン作るのうまいですねえ。俺、なんかべたっとなっちゃうんですけど」

「ああ。これね、こつがあるんですよ。さきに卵ご飯みたいな状態にしちゃってやるといいんです」

仕事の関係者だった颯生と、そういう意味でつきあいはじめてようやく二ヶ月。まだお互いに距離感を取りあぐねている部分もあって、そのぎこちなさもまた、胸に甘い。

「ああ、あれ飾ってくれてるんですね」

「はい。いいですよね、渋くて。この間、友達にも欲しがられました」

あれ、と颯生が目で示したのは、つきあうきっかけになったとも言える廃材を溶接して作ったモビルスーツ。よく見れば無骨なプラグがそのままでこぼことしているそれの色合いは赤銅色で、形状だけはアニメのロボットながらけばけばしくなく、独身男のインテリアとしてはいい具合だ。

(でもって目の前には美人……)

こっそりと内心でガッツポーズを作ってしまうのは、ここ数年恋人らしい存在を得ていなかったせいだ。たとえその美人が同性であろうと、謙也にはあんまり関係がない――というのは、最近はじめて知った新しい自分の発見だったのだが。

「……なんですか?」

「あ、いえ! なんでもないです」

どうやら無意識に見惚《みと》れていたのだろう、怪訝《けげん》そうな声がして、謙也は意味もなく笑ってしまう。颯生は少しばかり困ったように目を伏せてビールを舐《な》めた。形のいい耳朶《みみたぶ》が少しだけ赤いのは、どうもアルコールのせいばかりではなく、謙也があまりにまじまじと見たせいだろう。

(いかん……)

興味のあるものや、いわゆるはまりもの――それはモノばかりでなくひとにも当てはまるけれど、そうした対象に視線をつい向けてしまうのは、なかなか直らない謙也の悪癖だ。

おまけに颯生の顔というのは、惚れた欲目を除いたところでかなり鑑賞に堪えうるものだから、ついついそちらに目が行ってしまう。

シンメトリックに整った輪郭、細い顎《あご》。形のいい唇とすっと涼しげな目がじつに絶妙なバランスで配置されている。少し長めの茶色い髪も、怜悧《れいり》と言っていい顔立ちによく似合っている。

「あの。……食べにくいですよ、羽室さん」

「え、あ、すみません」

今度こそ苦笑した颯生が、箸《はし》を片手にたしなめてきた。慌てて謙也もすっかり中断していた食事を再開したところで、颯生の携帯が鳴り響く。失礼、と手をあげて鞄の中にあったそれを取りあげたとたん、颯生の細い眉《まゆ》が寄った。

「もしもし、三橋です。……ええ、どうもお疲れさまです」

凛《りん》とした声の調子に、仕事先からかなと察する。フリーのジュエリーデザイナーである彼は、先だって、謙也の勤める大手時計宝飾会社『クロスローズ』との契約を終了した。

もともとは最後の仕事となる『フレシュ』という新デザインのライン開発で、颯生の担当になったのが謙也だったわけだ。

その仕事のあと、またフリーになった颯生はべつの会社の新規ブランド立ち上げとデザイン監修ということで、契約を結んだらしいのだが、これがずいぶんな難物らしい。

「ええ、はい。だからそれは先日説明したとおりで——え、ちょっ……はあ!?」

（あ、またなんかあったな）

次第に声に苛立《いらだ》ちの混じる颯生を眺め、謙也はこっそりと息をついた。こうして、逢瀬の合間に電話で邪魔されるのも既に慣れてきてはいるが、ちょっとだけはらはらした。

「ちょっ……待ってください、あのデザインはシンプル&シックっていう話で、だからそれに沿った商品展開をすることにしたわけでしょう!?」

先週もほんとうは、ゆっくりとすごそうと約束していたのだ。それが、相手先の社長の気まぐれ——颯生曰く「朝令暮改どころか朝令朝改」という凄《すさ》まじさ——のおかげで、オフの日も有ってなきがごとし。自身の多忙さを理由に、相手がいまどういう状況であろうとお構いなし、自分のオフィスに呼びつけてはブレインストーミングだミーティングだとやらかすらしい。

「冗談じゃないですよ、それならそうと、さきに——」

（うおー、食ってかかってる）

颯生もそれが非常にストレスになっているらしく、こうした電話のたびに、声の剣呑《けんのん》さが増していく。なめらかな声につけつけとした苛立ちが混じり、謙也は固唾《かたず》を呑《の》んでしまう。

「ああ、ああ、いいですもう。わかりました、もう一回デザイン見直します。ええ、ご要望どおりのものは出しますよ。……忙しいんで、それじゃ」

ぶちり、と携帯のボタンをオフにする手に異様な力がこもっていた。深々とため息をついた颯生に、謙也はとりなすように笑みを浮かべるしかない。

「……お疲れさまです」

「すみません、騒がしくて。冷めちゃったかな……せっかく、羽室さん作ってくれたのに」

不快そうに眉を寄せた颯生が唇を嚙《か》む。さきほどまで大会社相手に啖呵《たんか》を切っていた人物と、その心底すまなそうな表情が嚙みあわず、謙也は思わず笑ってしまった。

「いえいえ、平気ですよ。あ、でもあったためたほうがいいなら——」

「あ、いえ！　これでもおいしいです、充分」

そうですか、とはにかむように謙也が口元をほころばせれば、ようやく颯生の表情もやわらぐ。

「なんか、相変わらず大変みたいですね」

「もー……最悪なんです。これだから畑違いの人間はもう……」

めずらしく愚痴混じりのため息がこぼれ、苦戦しているのだなと知る。

「新規ブランド立ち上げるのに、監修とデザインで契約したって話はしましたよね。で、これがもう……価格設定から無茶なんです」

「無茶？」

よかったら聞くと目顔で促せば、颯生は逡巡《しゅんじゅん》のあとに、ぐいっとビールを呷《あお》った。

「まあ実際、俺のことだけじゃなくって、あまりにトンチンカンなんで疲れてるんですよ。営業部長で入ってきた神津《こうづ》さんも、もう半分さじ投げてるし、それに」

「ああ、神津さんもそちらだったんですか。……それにって？」

神津は、先日この業界では著名な会社を定年で退職した、やり手の営業だ。営業の交渉能力もさることながら、催事において、彼のディスプレイ能力は神業的とも言われていた。その後再就職したとは聞いていたが、颯生の携わるブランドであるとは思っていなかった。

「あ、いや……俺もいろいろ勉強させてもらってますよ。伝説の営業マンですしねえ、神津さん」

（あれ、はぐらかされた？）

謙也が聞きたかったのはさほど面識のないやり手営業の状況ではなく、颯生が言葉を切ったそのさきだった。少しだけ取り繕うような表情に謙也が強く聞き出すこともできずにいると、困惑顔に気づいた颯生が無理に作ったような笑みを浮かべた。

「すみません。料理がまずくなるし、愚痴やめますね。羽室さんもどうぞ？」

「あ、はい、ども」

返杯されつつも空いたグラスにビールを注《つ》ぎたしてやると、炒め物を咀嚼《そしゃく》した颯生は軽く礼を言ったのちにまたひといきに飲み干した。顔に似合わず彼はかなり酒に強いと知っているけれど、あまりいい飲みかたではないなと心配になる。

（うーん、ペース早くないかな）

どうやら、いまの仕事に相当ストレスを感じているようだ。気持ちの切りかえがうまくいかないのか、黙々と食事をする颯生は、眉間《みけん》の皺《しわ》が取れないままうつむいている。

どうしようかな、と迷ったのち、謙也の手のひらは手触りのいいさらさらの髪に触れようとして、しかし果たせなかった。

「あの、颯生さ……」

「あああぁ、くっそ腹立つ……っ！　ぜってぇ唸《うな》るようなデザイン出してやるっ」

ぐわっと顔をあげ、目も光らせたまま断言した颯生の勢いに、謙也の指は宙に浮いた。しかし、こうして闘争心剝《む》き出しにしていても彼の顔は醜く歪《ゆが》むこともない。

唐突に爆発した彼に一瞬あっけに取られたものの、暗い顔をしているよりいいと謙也は思った。

強いひとだなあ、と思う。愚痴を言ったところで必ず前向きに考えて終わるし、徒労に終わるかもしれない仕事でも、精一杯の努力を惜しまない。

そういうところが、とても好きだ。温厚でひと当たりがいいと言われてばかりの謙也には、いまいち持ち合わせない激しさが、ときどき眩《まぶ》しい。

「……ん。颯生さんはそういうのが、似合ってます」

「え？　似合うって？」

くすりと笑って、慰め損ねたなとちょっとだけ残念に思う自分を引っこめた謙也の言葉に、颯生は切れ長の目を瞠《みは》った。

「なんかね。いつも前向きで、ほんと、かっこいいです」

だが、素直な賞賛を向けたさきにはどこか、困ったような表情があった。それはさきほど、うっかり見つめすぎたときの羞恥《しゅうち》とは違う、気まずそうな雰囲気のものだった。

(あれ?)

なにか気に障ることを言っただろうか。謙也のほうが戸惑ってしまいながら首を傾げると、はっとしたように颯生はきれいな唇を笑みの形にあげてみせる。

「……羽室さんに言われると、照れますね」

その微妙な声と、やはりどうしてもよそよそしいままの呼び名に対し、謙也の中には説明のつかない感情がわきあがった。

しかし、一瞬だけ覚えた違和感は、すぐに颯生の明るい声にかき消されてしまう。

「あ、テレビつけていいですか?　ちょっと見たいのあるんで」

「ああ、はい、どうぞ」

リモコンを手渡すと、目的の番組があったのだろう颯生はザッピングすることもなくすぐにボタンを押した。ぱっと映ったのは、休日午後にありがちな、バラエティ系情報番組。

「……お、はじまった」

彼のキャラクター的にこの手の番組はおもしろがって見るとも思えないのだが——と内心小首を傾げていた謙也は、なるほどと納得する。ファッショントレンドを取りあげるコーナーでは、いま流行のジュエリーショップの新作が特集のようだった。

既に流行ったもので制作のヒントになるわけがない。これはいわゆる市場調査の一環でもあるのだろう。

テレビの中のミーハーな画像とは裏腹に、颯生の目は真剣そのものだった。特に商品の大写しになった瞬間や価格表示がされた瞬間にはじっと考えこむようなそぶりさえ見せて、その鋭い雰囲気にもさすがだなと思わせられる。

(創作する仕事のひとは、もういつがオフとかじゃないんだよな)

颯生とつきあうようになって、しみじみそれは痛感した。謙也自身もむろん、時計宝飾会社の企画営業という仕事がら、情報を集めるために新聞や雑誌に目を通し、勉強はする。けれども、颯生の場合はそういう、『いまあるもの』を摑《つか》むのでは足りないらしい。

「勉強熱心ですね」

「あ、……すみません。一応情報収集しとかないとなんで……」

感心して告げたのに、颯生ははっとしたように振り向いた。だが、謙也はゆっくりどうぞと笑いかけると、腰をあげる。颯生が怒り任せに箸を進めたせいか皿の中身が減るペースは速く、つられた謙也の食事もあらかた終わっていた。

「おれ、片づけやっちゃうから、見てていいですよ」

「え？　俺洗いますよ。そのつもりだったし、少し待ってくれれば」

ごちそうになったのに悪い、と少し焦っていることさえ好ましく、謙也の口元は勝手にゆるむ。

（こういうふうに言う子、女の子でも案外いないんだよな）

たとえば会社のオフィスを使った小さな打ち上げなどで、とある後輩のお嬢さんなどは謙也が洗い物をしていても自分は酒を飲み続け、平然としていた。

かつて彼女だった子にしても、「女だからって家事やらせるつもり？　お母さんじゃないのよ」と食ってかかってくる手合いもいたことを思い出す。

自身がわりと家事は得意なので、こうしたことは苦にもならない。手が空いた人間がやればいいだけの話ではある。

だがひどく恐縮する颯生の態度と、「ごちそうになったのに」という言葉だけでも好ましかった。

「いいからいいから。颯生さん、今日はお客さんだから、なにもしないで」

ね、と念押しをするように告げると「じゃあ……」とはにかんだように笑って颯生が頷《うなず》いた。

（よかった、今日は失敗しなかった）

内心ほっとして、謙也は汚れ物の皿を台所に運ぶ。安堵感が強いのは、颯生の『仕事』を邪魔せずにすんだからだ。

先日のことだが、外で食事をした際に、颯生は盛りつけのきれいな皿をじっと見たまましばらく固まっていた。なにか嫌いなモノでもあったかと問えば曖昧《あいまい》な返事。そのまま店を出たあとの喫茶店で、おもむろに手帳を取り出してアイデアスケッチをはじめたこともあった。

——すみません、色がすごくきれいだったんで、なんかヒントにならないかと思って。

突然の行動に取り残されていた謙也に気づき、我に返った颯生は、気まずそうに目を伏せた。だが、颯生の恐縮をよそに、謙也はその顔がなんだかかわいいなと思っていた。

——俺すぐ、思いついたらやっちゃわないと気がすまなくて。

言い訳なんかすることはないと思った。年上でしっかりしている彼が、子どものように夢中になっているさまは、むしろ見られてよかったと思えるものだったからだ。

——いいですよ、区切りのいいとこまでやっても。

だから、ひととおり終わるまで待っているからと告げたのだが、気を遣ったのか颯生はその手帳をしまって、謙也に集中してくれた。それはむろん嬉しかったが、せっかくアイデアが浮かんでいたのに邪魔してしまったかな、とあとでけっこう悔やんだのだ。

（その辺、おれのほうが気をつけないとなあ）

自分では、えらそうだからとか空気を読めないとか気が利かないという颯生だけれど、じつのところそういう気遣いは細かいほうだと思う。彼が強気になるのは仕事に関してだけなのかもしれないと、こうして親密にすごすようになって、謙也は思うようになっている。

(まだどうも、敬語っつか丁寧語、崩れないし)

仕事仲間から進んだ関係のせいか、どうもお互い慣れもあって、ですます口調が改まらない。そのあたりも謙也的にはもどかしいのだが、だからといっていきなりタメ語もためらわれる。

まだまだ、距離感の取りかたが難しい。そんなおつきあい数ヶ月目のふたりだ。自然に一緒にいるようになるには、これからだなあと謙也はのんびりかまえている。

「……あ、ここ、最近売れてきたとこですね」

洗い物を終えた謙也がコーヒーを手に戻ると、まだ番組は特集コーナーをやっていた。ふと目についたのは、最近百貨店展開で新作をヒットさせた、あるメーカーのアンテナショップだった。

「そうなんですか?」

商材のメインはアクセサリー系統に入る若者向けの店なのだが、金属にエアを入れる特殊加工のおかげで、大ぶりなパーツのコストを下げることに成功しているらしい。

「いまはやっぱり、どんどんシンプルな、ベーシックでスタンダードなほうに向かってる感じがありますよ。結局、癖の強すぎるデザインだと、汎用性《はんようせい》がないし」

「ああ……梶倉《かじくら》先生のとこでも、だいぶ方向変わったみたいですもんね」

結局そこから発展して、仕事の話になってしまう。近ごろの売れ筋や催事での全体の状況など、営業としての立場からの話を熱心に颯生は聞き入って、こういうところはただの仕事仲間であったころと変わらない。

（気楽でいいな）

女の子とつきあっているときには、それこそ気の利かない謙也はなにを話していいやらわからないこともあった。まして二十代半ばを越え、まじめに仕事をしていればいるほど、興味の対象は仕事に比重が偏っていく。

すると自然に「仕事ばっかり」「あたしと仕事とどっちが大事？」――と来て破局、というお定まりのパターンだった。

おまけに、宝飾はファッション業界に一応は入るのだが、謙也の扱うのは外商向け高額商材。いわゆるアパレル系とは違い、若い女性の流行とは微妙にズレがあるもので、そういう部分でもがっかりされることは多々あった。

けれど颯生相手には、そういう奇妙な気遣いはいらないし、いい意味で楽で、そして楽しい。

なにより、怒っていても笑っていても顔がきれいなものだから、それを見ているだけで無条件に幸せになれてしまうのだ。

（おれ、ほんっとに颯生さんの顔好きだなあ）

口にしたらかなり恥ずかしい本音を内心呟《つぶや》いていると、テレビでは既にべつのコーナーがはじまっていた。

『――つまり、ブルーベリーに含まれているアントシアニン色素という成分は、非常に目にいいわけです。このほかにもポリフェノールやベータカロテンなどが含まれ――』

どうやらブルーベリーを使った健康食品の新製品でも出たのだろう。司会補助のアナウンサーが懸命にうんちくを垂れていた。

（目にいいっていうならそんなもん食べるよか、いまのほうが滋養になりそう）

ぼんやり聞き流しながら颯生を見つめた謙也の口から、ぽろりと言葉がこぼれてしまった。

「……だから颯生さんって、ベータカロテンよりも目にいいですよね」

「は……？　え？　だから？」

うんすごくいい、とひとり納得していると、意味がわからなかったらしい颯生はきょとんと目を瞠る。そしてそのあと、たまらないといったふうに笑い出した。

「あは、ははは！　は、羽室さんＡＢ型ですか？」

「え、そうですけど……なんでわかるんですか？」

ツボに入ったのだろう、颯生はひとしきり笑ってくれたあとに涙の滲《にじ》んだ目元を拭《ぬぐ》う。

「いや、唐突に話すこと多いでしょ。行動も」

「え、そうかな。でも、ＡＢ型ってそうですか？」

「うん、さっきも『だから』って……会話がつながってないのに変な接続詞つけるひと、Ｏ型かＡＢ型に多いんですよね。で、テンションは低めだから、たぶんＡＢかなって」

そう分析してみせた颯生の表情に、ふと謙也は引っかかった。

（なんか、具体的……だな）

過去、おそらくはそういう相手がいたのだろう。行動や発言が突然で、それがずいぶん印象深く残るような。そしてたぶん、かなり親密なつきあいをしていた相手なのだと気づいたのは、一瞬だけ颯生の瞳が揺れたからだ。

「そういう颯生さんは何型ですか？」

「俺？　意外って言われるけど、Ａ型。大抵、えらそうだからＢだって言われる」

「や、……おれそういうのよくわかんなくて」

どこか苦く告げた颯生に、血液型分析には詳しくないからと謙也は苦笑してみせた。

ほんとうは、いわゆる世間一般の、血液型のイメージくらいは知っている。強気でえらそうで才気走ったＢ型、おとなしくまじめなＡ型、というのが定説だが、じっさいのところあれはただの統計学で、そして物事にはみんな例外があると謙也は思う。

（えらそうって、誰に言われたのかな）

それがさっきの、ＡＢだかＯだかの相手でなければいいなと思う。あまりいい思い出でないらしいことが、きれいな目の表情でなんとなく察せられたせいだ。

「羽室さん、コーヒーおかわりあります？」

「ああ、淹《い》れますよ。ネルで一杯ずつ淹れてるんです、これ」

「へえ、どうりでうまかった」

褒められて嬉しいけれど、目の前で笑ってくれるのはほんとうに、天に昇るくらいに幸せだなあと思うけれど、やっぱりどうにももどかしい。

過去は過去だし、と思いながら、少しだけ気になったのは、いまだに颯生が自分を、名字で呼んでくるせいもある。

——け、謙ちゃんとか呼んじゃうかもしれませんよっ？　恥ずかしいでしょそんなの！

ぜんぜん恥ずかしくないのに、嬉しいと言ったのに、颯生はやっぱり「羽室さん」としか呼んでくれない。それもちょっと不満だけれど、自分から言い出すのも気が引ける。

「……颯生さんが気に入ってくれるなら、嬉しいなあ」

だからこうして控えめに、一生懸命呼びかけながら、いつ颯生はあの、甘ったるい呼びかたで自分を呼ぶのに慣れてくれるのかなあと、謙也は期待とも不安ともつかないものを覚えていた。

＊　　＊　　＊

週末の連休をまるまる使った謙也の自宅での『おうちデート』。颯生は正直かなり楽しかった。

のんびりすごして、いろいろと話して、一応大人の恋人同士らしくすることもきちんとしたけれども、それ以外の部分に時間を費やしたほうが多かった。

（ああ、私服の謙ちゃんかわいかったなあ……）

脚が長いのでジーンズが似合う。すっきりした洗いざらしのTシャツを気取らず着るとまだ学生に見えるくらいの、清潔で端整な顔。それでいて、広い背中に浮かぶ肩胛骨《けんこうこつ》のラインなどはしっかり大人の男の逞《たくま》しさもあるから、些細《ささい》な仕種《しぐさ》にもどぎまぎさせられた。

（ほんっと楽しかったなあ。……楽しかったのになあ）

現実逃避の妄想のあと、がっくりと滅入るのは、朝っぱらからブレインストーミングだと社長室に呼び出されたあげく、またもやお得意の『朝令朝改』がはじまってしまったからである。

「……そうおっしゃいますけれどもね、もうショップのディスプレイのデザインは、あらかた決まったでしょう。この間社長も、これで行くと仰《おっしゃ》ったじゃないですか」

颯生の隣で食い下がる神津宗俊《むねとし》の辛抱強い説得に対し、何度も同じことを言わせるな、と相手の男は癇性《かんしょう》に首を振ってみせた。

「だから何度も言っているだろう。こんなに入り口を広げたら、いかにも『見てくれ』といわんばかりじゃないか。安っぽく媚《こ》びてどうするんだ。だいたいもっとアーティスティックに、壁面に一点ずつ飾れる窓型ディスプレイをつける話はどうなったんだ？」

「ですからそれでは集客率が落ちますし、壁面ディスプレイの大仰さに耐えられるような品をまず、開発するほうがさきだと申し上げてるんです」

神津が、堂々巡りして結局、やりたいようにしかやらない社長——関野耀次《せきのようじ》に対し、深々とため息をつく。ちらりと颯生に視線を流してくるので、わかる、と頷いてやると、やれやれと彼は眉間を揉《も》んだ。

「とにかく、そのラインで行ってってくれよ。それじゃあ、ぼくは失礼する」

「え、失礼するって……社長？」

「オル・ファラのほうの業務があるんだ。こちらばかりにかまっていられない。あとは大川《おおかわ》くんに任せてあるから、進めてくれたまえ。ああ、来月にはジャン＝クリストフが来日するんだ、それまでにちゃんと形にしてくれたまえよ！」

身勝手な言いざまで席を立つ関野の癇性な横顔に颯生も神津も啞然《あぜん》とする。そうしてひとことも挟めないまま、彼はせかせかと出て行ってしまった。

「……大川さん、任せたそうですが。あれはいったい」

社長が一方的にまくしたてるだけ、という会議中、まるで存在しないかのように黙りこくっていた大川美晴《みはる》は、神津の苦い呟きに対し、秘書然とした顔のまま、毎度判をついたような返事をよこす。

「社長が仰ったとおりです。わたくしとおふたかたに、この件は任せられたと」

「任せたって言いながら、ぜんぜん話進まないじゃないですか」

だいたいこの秘書も颯生は気に入らなかった。三十そこそこの年齢である彼女はとにかく関野のイエスマンで、みずからなにかを決めることはできない。

「この企画の責任者、大川さんなんでしょう。もうちょっと仕切ってくれません？」

「……どういう意味ですか、三橋さん」

苛立ちを隠せないままに颯生が髪をかきあげると、ばかにされたと思ったのか美晴はきっと眦《まなじり》を決する。

「どういうもこういうもないでしょ、だいたいあんた——」

穏やかな神津は、攻撃的な颯生の言動をたしなめるように「三橋さん」と小さく呟き首を振ったのち、少し被《かぶ》せ気味に口を開いた。

「……いや、ですからね大川さん。会議もいいんですけど、どうやら根底に認識の違いがあるようだ。もう少しお互いの歩み寄りをしないと。それにまだ、大川さんも関野社長もこちらの業界には疎くていらっしゃるし——」

だがなだめるつもりの神津の発言に、大川は神経を逆撫《さかな》でられたようだ。

「ですからわたくしが動かせる人材として、あなたがたを下に持ってきたんでしょう！　なんのために雇ってると思ってるんですか⁉　もうちょっと使える企画でも持ってきてください！」

「な……」

娘ほどの年齢の女性に『下』扱いされ、神津はさすがに青ざめた。そもそも秘書である彼女はただの関野の代理であり、役職上は神津のほうが上役である。しかしおそらく社長に「きみのいいように使え」とでも言われたようで、どこか舞いあがっているのは否めない。

「わたくしも忙しいんです。オル・ファラの業務のほうもありますので、あとはおふたりでこの話をもう一度検討して、報告書を出してください」

「ちょっ……大川さん、あんたねえっ」

ヒステリックな言いざまに腰を浮かせた颯生のシャツが引かれた。見下ろすと、神津は黙って首を振り、たしなめてくる目に口をつぐめば足音も荒く大川が会議室から出て行く。

「はあああ……なんっじゃ、ありゃ」

つくねんとふたり残された部屋の中、盛大なため息をついた颯生に対し、まだ眉間を揉んだポーズのまま固まっている神津が顔をあげた。

「……わたしは、なにか間違っているのかなあ、三橋さん」

「いえ、そんなことはないですよ」

壮年の営業部長がぐったりした声で呟くのに、颯生は少し焦ってしまう。下請け仕事の多い颯生はこの手のストレスに慣れているが、転職したばかりの元管理職、しかも有能さは自他ともに認めるところの神津には、門外漢や小娘に顎で使われる事実はつらいものがあると思うのだ。

そもそもが神津と自分がこの会社に招かれたのは、宝飾には素人の自分にノウハウを教え、ブランド構築をしてほしいと請われたからだ。

（ふたことめにはオル・ファラ、オル・ファラって。だったら畑違いの仕事に手ぇ出すなよ）

言っても詮《せん》無い愚痴を呑みこみ、颯生は渋面を浮かべてしまう。

いままさに颯生らが関わっている新ブランド『オルカ』開発のプロジェクトは、宝飾関連の業種であった会社が手がけているものではないからややこしい。

このプロジェクトの出資元、つまり関野社長が籍を置くのは、もともとジュエリー畑に明るいどころかまるで無縁のレコード会社、『オルタナティヴ・ファラド』なのである。

このオルタナティヴ・ファラドは、旧社名を『オラクルレコード』といい、三十年前までは、さほどぱっとしない小さな会社だった。マニアックなテクノ・ニューウェイヴ系のミュージシャンをメインとし、良心的で玄人《くろうと》好みのレーベルとしてコアなファンはついていたが、毎年ファンの間では「いつ潰《つぶ》れるか」と不安とともに囁《ささや》かれていたほどだ。

しかし先代社長が現在のクラブ流行りにいち早く目をつけ、ハードコア・テクノ――いまでいうトランス系音楽を大型ディスコと業務提携して売り出した、これが大当たりした。もともとテクノ系ミュージシャンを多く抱えていた会社だっただけに、方向性さえ変更すれば、売り出すタマには事欠かなかった。

そうして時流に乗ったオラクルレコードは社名も変更し、いまでは毎度ヒットチャート上位を占めるレーベルまでのしあがった。しかし、そこでも先代社長はおごらず、堅実な商売をしていたのだが、数年前に病を患い、ひとり息子である関野に社長職を譲った、これがまずかった。

まず二代目である関野は、いまの時代にはＩＴだと言い張って映像音楽配信事業にも乗り出した。ここまでは関連した業種だからまだ理解はできるのだが、なにを思ったかジュエリー会社を立ち上げるのだと言い出したのだ。

しかし、そもそもジュエリーとひとくちにいえど、その内訳はさまざまだ。おまけに世間でイメージされている広義な意味での装飾品をひっくるめての『ジュエリー』と、業界にいる人間の定義する『ジュエリー』には微妙な隔たりがあるのだ。

ランクの違いはそのまま販売層や販売ルート、商材の展開にも差異をもたらすわけだが、そのイメージの落差が、関野社長と大川に対する、颯生と神津の関係にそのまま表れている。

颯生の属する業界で『ジュエリー』と言えば、それはもちろん高額宝飾品だ。カルティエ、ティファニーの例を出すまでもなく、オートクチュールの超高額品からディフュージョンラインまででは桁《けた》が三つから五つは違ってしまうという、ランクの格差はあるけれど、おおむね高価なものばかりだ。

販売ルートとしては、よほどの大手でない限りは店舗販売よりも催事への外商の持ち回りが主になる。百貨店にもコーナーを置いたりアンテナショップ的にサロンを持ったりはするけれど、現在日本のオリジナル商品でそれらの小売りで収益をあげているジュエリーデザイナーは、数えるほどしか存在しない。なにせ販売のメイン層は百万単位のモノなど『ふだん遣い』の有閑マダムだ。

だがその基本価格帯自体を、関野社長はまるっきり理解していない。

「あのスットコ社長め。……だいたい神津さん、基本ラインの価格帯、正気だと思います!? 最高額商品で、やっとこ五十万、しかも使用する石は半貴だらけですよ！　ピントルにアメジスト！　ほかのリングにしたってなんにしたって、むろんそれ以下！」

「わたしも再三、そこから違うと申し上げたんだが……」

鬱憤《うっぷん》がたまりすぎ、もう止まらなくなったらしい颯生のそれに頷きつつ、これはなんの冗談だ、と神津もさすがに顔をひきつらせる。

「しかもデパートの全国展開もなし。それで年商十億狙う企業にするって、いったい」

頭が痛いとため息をつく神津の言葉を引き取り、颯生は毒気たっぷりに吐き捨てる。

「年間何点売るつもりなんでしょうね。ハリー・ウィンストンでもあるまいし、出し惜しみ感たっぷりのサロン一店舗で、どんだけの集客力あると思ってんだかっ」

どちらがいい、悪いという話ではない。単に、それなりのものを売るには『仕掛け』と『場』が必要になる、その営業戦略そのものが根底から間違っているのだ。

小学生でもわかる簡単な計算だ。目標の年商十億に対し、一点の最高価格が五十万、もっとも売れ筋のリングに関しては五万から十万という『小さな』商品で対応するとなれば、単純に考えても数百から千単位で商品を捌《さば》かねばならない。

しかし、それを全国展開の百貨店で扱うならともかく、青山の一店舗しか扱わないとなれば、目論見《もくろみ》が叶う確率は限りなくゼロに等しい。

「なんで関野さんはそこのところがわからないんだろうか。経営者なら、簡単な話じゃないか」

「……なんか夢でも見てるんじゃないんですかね」

「いまの商材で販路を拡げるとなればアクセサリー展開を考えなければ無理だ。催事に至っては、新参と言うだけで相手にもされないのに、これじゃあ……」

大規模の催事となれば、各々のブースを借り受ける際に予算達成額を設けられる。会場を仕切る側としてはペイの多いブースを優遇するのは必須、となれば単価の低い『オルカ』などは、正直いえばお話にもならない。

しかしワンマン社長は結局のところ、こちらが示すセオリーやノウハウをいっさい無視し、自分の思ったようにしか物事を進めようとしない。そのぶつかり合いがここ数ヶ月続いている上に、ふたことめには『忙しい』といって朝だろうが夜だろうが自分の気の向いた時間にミーティングをする社長のやり口に、ふたりとも疲れ果てている。

（とくにこのひとなんかは、歯がゆいんだろうな）

こと、フリーデザイナーという業界末端の自分にさえも名前の知れていたほど有能な神津は、まったくその能力が活かせない状況にかなり行き詰まっているようだ。

先だって颯生は謙也から裏を取った、神津の伝説的な逸話に思いを馳《は》せる。

——俺の知ってる中でいちばんすごかったのはあれかなあ、新品もないのにディスプレイだけで売りまくったっていうやつ。

数年前のある催事の折り、神津の当時の勤め先であるブランドでは、本社の発送の手違いで、会場に新作が一点も入らないことがあった。

おまけに届いた商材が、いまひとつ決め手のない、ラインも不揃《ふぞろ》いなものばかり。

せっかくいいポジションとケース台数の多いコーナーも、そんな事情で貧弱な見栄えになっていたのだが、そこにべつの催事からの出張明けに神津がやってきた。

——あ、それおれ知ってます。あれですよね、高輪のフェアの掛け持ちで催事飛び歩いてて、本社に寄る暇なかったって。

――そうそう、じつは持ってた荷物、ただの泊まりの着替えだけっていう。

だが催事企画をやった担当外商は、その大ぶりな旅行ケースの中に目玉商品が入っているのだと勘違いして、大喜びして神津を迎えた。

――それでGケースとハイケースの商品並び替えただけで、すんげえ見栄えよくなっちゃって。で、外商さんが『さすが、いいもの持ってきていただきました』って大喜びっていう……ほんとかよ、って思ったけどさ。

颯生が都市伝説に近いよなと笑ってみせるのに、謙也はまじめな顔でコーヒーを啜《すす》って告げる。

――や、事実ですよ。おれ、見てたからそれ。ちなみに並び替えの前とあとと、ほんとにモノはおんなじなんですよ。員数チェックから下見してたんで、わかってました。

当時まだ新入社員だった謙也は、仙台からの手伝いとしてその催事に駆り出されていた。神津さんの仕事は勉強になるから見ておけといわれ、他社のコーナーであるにもかかわらず、へばりつきでチェックしていたのだそうだ。

――あれもセンスなんですよねえ。バランスの悪い商品いくつか下げて、ちょいちょいって位置変えたらほんと、別物みたいでしたから。で、目玉の新作なかったってのに、当日の催事売り上げ、神津さんのブースがトップの二千万。すごかったなあ、あれ。

謙也の感服しきった言葉を思い出し、憔悴《しょうすい》した神津に颯生は同情のため息をつく。

（そんくらいできるだろうな、このひとなら……）

神津の提案してくる価格帯や狙い目だと決めた商品の企画には、颯生もただ唸るしかない。この世界に四十年近くいた男の情報と知識で、正しく売れるものとはなにかを提示してくる。だが、実情をあまりにも知らなすぎる上に、こちらの説明にも耳を貸そうとしない関野相手には、なにを進言しても無駄だ。

無知なのは悪いことではない。こと宝飾の世界は上下のクラス差が激しすぎるため、十把一絡《から》げに『ジュエリー』といってもトップ階層のオートクチュールと廉価なアクセサリーの世界では販路も営業戦略も顧客層も違い、まるでべつの業界と言っていい。それを外側から見て理解できないのは、正直しかたのないことだ。

だが、乗り込もうとする業界のことをリサーチし、せめて売ろうとする商品の価格ラインを押さえるのは経営者の基本中の基本だ。

（まったくあの甘ちゃんのボンボン社長が……世の中なにもかもが自分の思惑通りに進むとでも思ってやがんのか⁉　なんのために神津さんまで引っぱったんだ！）

ごく初期の段階で手間も時間も惜しんでなにができる。まして神津のような有益な人材のアドバイスに耳を貸さないなど論外だろう。

内心で毒づいて、深々と吐息する颯生は神津の疲労したような声で我に返った。

「社長はいったい、なにをやりたいんだろうなあ、三橋さん」

もっとももどかしいのはこの神津だろうなと同情しつつ、颯生は毒のある声を発した。

「正直、現実とのギャップに気づいてらっしゃらないようですね」

関野は夢のようなことばかり言ってのけ、しまいには雑誌で、手持ちのタレントアーティストをモデルにし、ばんばんブランドを売り込むなどと言い出しているから呆《あき》れてしまう。

「あれも、専属モデルっていうならまだしも……いまオル・ファラでメインで売れてるの、十代の子でしょう。イメージが違いすぎる」

流行を率先して取り入れるこの会社でいちばんの売れっ子は、当然ファッションリーダー的な女性だ。近ごろの芸能人はいわゆる「あたしでもなれるかも」という気安さが売りだ。つまりは高級感溢《あふ》れる美形より、手が届きそうで届かない、ちょっとかわいい女の子のほうが人気が出る。

その善《よ》し悪《あ》しを問うつもりはないが、ストレートに言ってそんな若い女性にそもそも、高級宝飾が似合うわけがないのだ。

ある程度のグレードの宝飾品が似合うためには、それなりの年齢が必要になってくる。というのも若さゆえの肌の艶が、ある意味では宝石の光沢とぶつかって、勝ってしまうのだ。

それゆえむしろ、華やかな宝石を纏《まと》うには枯れた肌合いの——高齢になってからがもっとも肌に馴染《なじ》むというのが業界での通説だ。

「でもまだタレントの子ならいいです。それなりに迫力でこなしちゃうから。……でも、あのイケメン社員使って雑誌に載せるらしいってのは、なんなんですか？」

「メンズに力を入れたいと言っても、この世界はメインが女性客だと、社長には申し上げたんだが……」

いまどきカリスマもないだろうに。ハイソサエティが占有するこの業界で、そんな『安い』展開などしたら、ブランドイメージもがた落ち、元も子もない、却《かえ》ってイメージが悪くなるというのに、関野はその案を引かないのだ。

「俺にしても、この間いきなりデザインリテイク食らいましたし……」

「……その件もかなり、話が違ったようだよね」

本来、既存ラインのデザインを買い上げられるのではなく、新ブランドのデザイナーとして招かれるとなれば、そこはひととして少しは期待する。だが、甘い言葉に乗るものではないなとしみじみ颯生は噛みしめている。

「フランスにいるデザイナーの下請けだとは、……さすがに思いませんでした」

ぼそりと呟く颯生に同情のこもったまなざしを向け、神津は肉厚の手のひらで肩を叩いた。父親のようなそのあたたかさに、言うまいと思っていた言葉がついこぼれてしまう。

「ジャン＝クリストフ・ブルームなんてデザイナー、聞いたこともないですよ。俺が無知なんですかねえ？」

「……安心しなさい、わたしもです」

ジュエリーの聖地であるヴァンドーム広場に店舗を持っている著名デザイナーという触れ込みを、関野はすっかり信じているらしい。しかしたしかにそこにショップを持っているだろうけれども、日本のこの業界で四十年、走り続けた神津が名前を知らないというのはつまり、そういうことだろう。

ジュエリーデザイナーと世間で言う人種の中には、まったく自分自身でデザインのできないタイプのものが多々いるのは、案外と知られていない。むしろ、世に名前の出ている連中——芸能人あがりの著名な人物あたりは、下請けのデザイナーに絵を描かせ、それをブレインと話しあってチョイスし、すべて製品は外注にかける、というやりかたを取っているのが大半だ。

デザイナーと言うよりプロデューサーと言ってしまうほうが正しいのかもしれないが、それでも名前さえ出れば世間では『先生様』、颯生のように若手のデザイナーはひたすら名もないままに使われることも苦い現実としてある。

そしてこのたび、関野がデザイナーズブランドを立ち上げると言ってフランス在住のデザイナーを連れてきたわけだが、これもご多分に漏れず、おのれではデザインそのものを構築できない手合いだった。

「ジャン＝クリストフのデザイン画は見たよ。ひどいものだった……」

「あれなら専門学校の学生のほうが、ぜんぜんマシです」

口を歪め、颯生はうんざり吐き捨てた。同意は口にせずともいっさいの反論をしないあたり、神津もそうとう来ているらしい。

「喜平《きへい》にごろりとハートの石をつけただけとはおそれいる」

「それで俺のデザインは総没ですってよ」

指示書と称して、ジャン＝クリストフからやってくるイメージ画は、絵心があるとは到底思えない代物だった。そのうえ、どこの雑誌から切り抜いて作ったやらという、他社の製品写真を並べて貼りつけただけのお粗末な『制作資料』を渡された。

それがたとえば、既存のブランドの価格帯を参考にしたいというのならいい。だが方向性はばらばら、予算とは嚙みあわないものを列挙され、いったいなにがしたいのかさっぱりわからない。

「そういや、大川さんが朝、パッケージデザインの資料にしろってこれよこしました」

ごそごそと颯生が取りだしたのは、皺の寄った色紙を適当に貼りつけてある、謎の物体だ。

「……なんだねこれは。千代紙……？」

「と、百貨店の一階で百円で売ってる紙袋の切り貼り……です」

もう本気でなにをしたいのかわからない。文化祭の手作りグッズでもあるまいし、これからブランド構築をしようとしている人間のやることとは思えないお粗末さに、颯生はげっそりする。

商品構成はむろんのこと、ショップやパッケージやロゴのデザインも、ブランドイメージを高める大事な要素だ。そのどれが欠けても、いやすべてが揃っていてさえ新規ブランドを軌道に乗せるのは難しいというのに、素人考えで押し通し、あまつさえ業界の先達の意見をすべて無視して、いったいなにができるというのか。

（マジでもうやだ、この仕事……）

それでもやらねばならないことは山積みである。神津はショップの建築デザイナーとの打ち合わせ、颯生はリテイクを食らったデザインの見直しと見積もりだ。

神津も同じ気持ちなのだろう。無言のまま「はぁあ」とお互いにため息をついて、暗澹《あんたん》たる気分をやりすごすと、年配の部長は疲れた声で呟いた。

「まあそれでも、三橋さんがいてくれただけ、よかったよ。頼りにしています」

「とんでもないです、俺こそ神津さんいなかったら、ほんとに困ったし」

父親ほどの年齢でありながら、神津はけっして颯生を軽んじる言動は取らない。腰は低く性質は温厚で、その人柄ゆえに彼の名前ひとつで仕事が決まることは多々あると聞く。

「わたしはどうも、二代目、という人種は鬼門なのかもなあ」

苦笑いする神津が定年退職した会社のほうは、どうやら二代目社長が経営方針を変更したらしく、それで取締役になれなかったと噂に聞いた。そしていまぶつかっている関野も二代目社長。

「いろいろ……考えるべきかもしれないね、わたしも」

小さく呟かれた言葉に颯生が言葉をなくすと、もう一度肩を叩いて、神津は席を立った。

今回のプロジェクトのキモは言うまでもなく神津の営業力と人脈、そして企画力にかかっている。しかしそれらをなんら活かすことのできない実情に、彼が疲れ果てているのは実際だ。

（まっずいなあ、これは……）

定年からの再出発ということで意気込んでいただけに、落胆も激しいのだろう。この数ヶ月で彼はそうとう痩《や》せたように見える。神津がやはり辞するとなったら、颯生もまた、身の振りかたを考えねばならなくなる。

だがそれはそれでいいのだ。正直、このプロジェクト自体には相当の行き詰まりを感じてもいる。神津と違い、そもそもフリーの颯生は最悪の場合でもどこかにまた営業をかければ済む話だ。

この仕事自体が頓挫《とんざ》して惜しいと思えるのは、ギャラのよさと神津という得難い先達と仕事をする機会が失われる、というだけの話でしかない。

（どっかで、神津さんとその辺の話つめたほうがいいかもな）

手を引くならば、いまがチャンスだ。そう思いながら、ひとのいなくなった会議室から退出した颯生は、廊下の向こうからやってくる男の顔を見るなりいっそう顔をしかめた。

「――おや？　もう会議は終わったんですか。三橋さん」

「ええ、まあ」

大人げないと思いつつも、その鬱陶しさは顔に表れ、相手もまた端整だが酷薄な顔を歪めた。

外注扱いの颯生と同じく、社員証を首から提げることもしていないその男は、今日も嫌味なほど隙《すき》のないスーツ姿だ。明智伸行《あけちのぶゆき》という名の彼はこの会社の社員ではない。現在オルタナティヴ・ファラドが開発中の情報収集系システムを立ち上げるため、『明智システム開発』よりシステムインテグレータとして派遣されてきている男だ。

社名が物語るように、その会社は明智自身が代表だ。社員数は片手で数える程度のものらしいが、SE時代に独自開発したシステムを基本はアウトソーシングの形で売り込み、いまでは立派なIT成金だった。

そして――数年前、まだ会社員だったころに颯生の恋人だった男でもある。出会いはありがちで、同類が集う店でのナンパがきっかけだ。しかしバイセクシャルの上にヘテロの要素の強かった明智は、同性との関係をあくまで刺激的な遊びとしか捉《とら》えておらず、その考えかたの違いからかなり揉めて別れた相手だった。

（二度と会いたくなかったってのに……）

難航している仕事の内容以上に、颯生が滅入るのがこの、ありがたくない再会のせいだ。

顔も見たくないと思っていた相手と、よりによってこんな場所で顔を合わせる羽目になるとは、どういう巡り合わせだとうんざりするが、それは相手も同じようだった。

「毎度いやそうな顔すんなよ。嫌味なやつだな。少しはにっこりしてみせりゃどうだよ」

「地顔なもんでね。だいたいお互い関係もないんだ、あんたに愛想まく必要なんかないだろ」

すれ違いざま冷淡な声を投げつけられ、颯生も同じほどに尖《とが》った声で言い返す。

「相変わらず、かわいくねえな……」

「おかげさんでね」

反抗されるのが嫌いな明智は案の定神経質に眉をひそめる。しらけた顔で睨《にら》みあったあと、ふいと顔を逸《そ》らすのも同じタイミングだった。

(なんでこんなやつと……)

つきあったのはほんの数ヶ月。けれど明智という男の性質の悪さについては、はじめてのセックスの際に感じたことがすべてだった。抱くという行為を相手の人格まで支配することだと勘違いしている。サディスティックで、容赦がない。受け身の挿入行為が大嫌いになったのは間違いなく、この男との悪夢のような時間がトラウマじみた思い出になっているせいだ。

男女問わず浮気を繰り返し、不誠実な遊びにつきあいきれないと颯生が怒った際に言い放った明智のひとことで、彼の恋愛観が浮き彫りになった。

――だいたい男同士でなにマジになってんだよ。颯生がそんなださいやつだと思わなかった。

――ほかのやつと寝た程度でぐずぐず文句言うなよ、嫌味ったらしい。

そしてそれが決定打となり別れたのだが、おかげで颯生のバイセクシャルへの偏見と嫌悪はひどくなった節がある。

「もう少し大人らしくスマートにできないもんか？　空気が悪くなる」

「……っ」

いかにも颯生の態度だけが問題と言いたげな明智の台詞《せりふ》に、かっと腹が熱くなる。だが、言い返せばなお泥沼になるのは経験上わかっていたので、颯生は唇を嚙んで我慢した。

（コレが謙ちゃんと同じ血液型とは思えねえな）

あくまで血液型占いは統計学でしかなく、その両極端の例外なのであろうけれども、正直言ってこの男と謙也を、同じ男のくくりにさえ入れたくないくらいに大嫌いだ。

同じ空気を吸うのもいやだと颯生は足早にその場を去るが、むかむかした気分はなおいっそう募った。

定例になった会議でもっともいやなのが、この会議室がシステム開発部のフロアにあり、そこを通り抜けなければ颯生らに与えられたデスクへたどり着けないことだ。

突然の思いつきで宝飾に手を出したはいいが、素人考えのまま頓挫していたプロジェクトが軌道に乗ったのは神津と颯生の誘致に成功してからだ。それまでは関野の命じるままに大川がひとりでてんてこ舞いしていただけの話で、正式な部署自体、存在していない。

席に余裕のあった開発部の端っこをパーティションで区切り、つくねんとふたつの机――颯生と神津の間に合わせのデスクだ――が並んでいるだけのお粗末な状態も情けない。

(そこによりによってあいつがいるってのが最悪だ)

げんなりと息をついて席に着くと、さきほど会議の前にはなかった指示書がぺらりと一枚。

『ジャン＝クリストフの意向とは反するため、今一度の見直しを要する』

関野の手書きらしいそれを見た瞬間、颯生はぐわっと腹の中が熱くなる。いっそ机の上のものを全部ひっくり返して家に帰りたくなった。隣を見れば、神津は慣れないPCで関野に命じられた住所録の入力を続けていて、温厚な顔に疲れた表情が浮かんでいるのもやるせない。

パーティションの向こうからは、活気溢れるシステム開発部のやりとりが漏れ聞こえてくる。十数人いる社員を仕切り、闊達《かったつ》な声で指示を飛ばす明智に比べ、間に合わせのような狭い場所で理不尽なリテイクを受け、成果の出せない仕事をする自分が情けなくも思えた。

八方ふさがりな状況に閉塞感《へいそくかん》を覚え、颯生が思わずため息をこぼした瞬間、ポケットに入れていた携帯が小さく振動する。

（……ん、なんだ？）

勤務時間中にメールが入ることはめずらしい。誰だと思ってフリップを開けば謙也からだった。

（謙ちゃん……？）

まだ就業時間、それも午前中だ。まじめな謙也にはめずらしいと不思議だったが、送信時刻を見ると昨日の夜になっていた。どうやら、センターで携帯メールが止まっていたのだろう。

『ただいま大阪に出張中！　颯生さん今週は暇ありますか？　蓬莱《ほうらい》の豚まん買っていきます』

冷凍だから日持ちするよと、そんな他愛もない内容だった。だが、些細な気遣いが妙に滲《し》みた。あの穏やかでなごむ笑顔を思い出すだけで、なんだかずっしりしていた肩が楽になる。

謙也も今年の春、勤め先である『クロスローズ』の支社がいきなりたたまれた。あげく仙台から東京に呼びつけられ、部署も仕事内容も変わりいろいろ惑うこともあったはずなのに、愚痴も言わずただ努力して、仕事をこなしていったのだ。

あのひたむきさに、颯生はいつも救われる。たいしたこともない自分なのに、年下の彼は尊敬さえその目に滲ませて見つめてくれる。そしてなにより颯生が心底欲している、甘い恋人としての視線もくれる。

ただそれだけに、見苦しいところを見せたくないという気持ちも強い。

内心ではいつも、かわいくやさしい彼を『謙ちゃん』と呼んでいるけれど、口に出せる呼び名は相変わらずの『羽室さん』のままなのも、あまりひといきに距離をつめては、鬱陶しがられるのではないかという危惧《きぐ》もあるからだ。

謙也の前ではもっと、颯爽《さっそう》としていたいと感じるのは、ことあるごとに彼がくれる賛辞を意識しているからでもある。

――なんかね。いつも前向きで、ほんと、かっこいいです。

ほんとうは、いつも前向きでなどいられない。少しもかっこよくなんかない自分を知っているけれど、ああして言ってくれた謙也に恥ずかしくないよう、精一杯努力はしたい。

(そだな、もう少し頑張ろう)

ならばこの程度でめげるわけにはいかないなと息をついて、颯生はふっと唇をほころばせた。

「おや、三橋さん。にこにこして、彼女からメールですか?」

「あ、えっ? い、いや違いますよ」

無意識のまま笑みこぼしていたようで、その表情を認めた神津がいたずらっぽく笑ってからかってきた。かっと頬《ほお》が赤くなり、颯生は焦ったように携帯をしまう。

若いっていいねえ、としみじみ呟く神津に勘弁してくださいと頭を下げながら、颯生はゆるむ口元を引き締めた。

＊　＊　＊

大阪出張を終えた謙也は、予告したみやげを颯生に渡しにいくことがなかなかできなかった。

というのも颯生が、本来休日であるはずの日程でさえ、少しも時間が取れなかったからだ。そうしてやっと約束を取りつけたのは、本来の予定より一ヶ月近くすぎたころだった。

これも情けない話だが、冷凍しておいた豚まんの賞味期限が切れるからという身も蓋《ふた》もない理由で、この日謙也は無理矢理颯生の部屋に押しかけたわけだ。

「すみませんでした……俺が取りに行けばいいのに、わざわざ持ってこさせて」

「あ、いえ！　気にすることないですよ、ほんとに」

いっそのこと宅配便で送ろうかという話も出たのだが、颯生に遠慮されるうちに日数ばかりが経《た》ってしまった。だがその遠慮の理由のひとつに、そもそも送ってこられても宅配便を受けとる時間に家にいられないというものがあるから、謙也は笑いながら眉を寄せてしまう。

この日は土曜日だが、久々に休みになったと言っていた。出勤自体は月金シフトであるらしいのだが、リテイクに次ぐリテイクのおかげで、休日も延々デザイン画を描くか、相手との打ち合わせに出る羽目になっていたらしいのだ。

(のんびりできれば、よかったんだけど……つきあわせるわけにいかないな)

謙也はほんとうのところ、出張明けの連休振り替えで四日間の連休になっている。だが颯生の状況を考えると、気を遣わせるのも悪くてそれは言い出せなかった。

「……それより、颯生さん痩せてませんか？　大丈夫なんですか」

「え、そうかな？　自分じゃわかんないんだけど」

笑ってごまかすけれど、久しぶりに会った颯生はずいぶんやつれているようにも見えた。多忙さを増していくわりに、その業務自体がけっしてはかばかしい進捗《しんちょく》状況ではないからなのだろう。

「いや、でもほんとに顔色よくないで——……」

謙也の予測がけっして杞憂《きゆう》ではないと知れるのは、颯生曰く「ようやくもぎとった」休日のこの日、またもや携帯が鳴り響いたからだ。

(あれ……)

だが、謙也が怪訝に思うのは、あのときのようにすぐ電話に反応しようとしない颯生が気がかりだったからだ。肉の薄い頬がひくりとひきつって、あからさまに眉を寄せたままでいる颯生の横顔は、いつもよりずっと神経質に映る。

「……出ないんですか？」

執拗《しつよう》なコール音に負けて、謙也が静かに促した。心配を滲ませた視線に目顔で詫《わ》び、颯生はいらいらと携帯を取りあげる。

「――はい、三橋です。……ええ、ええ。……はあ、そうですか。またリテイク」

げんなりとした声に、これはあんまりいい傾向ではないなと謙也は思う。一緒に仕事をした経験上から知っているが、颯生はプロ意識が高く、それだけに筋が通っていれば、デザインリテイクもきちんと受け入れるタチだ。しかし、いまぼそりとした声で呟いた「また」という響きには、もううんざりとした感情しか滲んでいない。

(思ったよか、かなり行き詰まってる?)

こんな覇気のない声は聞いたことがない。はらはらしながら電話口で見守る謙也の前で、苛立たしげな相づちだけを打っていた颯生は、しかしいきなり声をひっくり返らせた。

「は⁉ 爪の内側にゴールドを流し込み⁉ なに通販商品みたいなせこい真似しようとしてるんですか!」

その怒気の凄まじさに、謙也もさすがにぎょっとする。びくりと反応したのがわかったのだろう、颯生は慌てたようにこちらを拝み、立ち上がって玄関のほうへと向かった。

「ええ、ええ……わかってますよ、はい。けどですね、それは――……」

(大丈夫かな、颯生さん……)

声をひそめて話していても、切れ切れの声には隠しようもない剣呑さが漂っている。ややあって通話を切った颯生が戻ってきたときには、眉間の皺はいっそう深いものになっていた。

「もう、すみませんほんとに……慌ただしくて」

「いえ、いいんですけど」

笑ってみせる顔もひきつっている。もしかするとこんな顔をひとに見せること自体、彼のストレスなのだろうかと思って、謙也はせつなくなった。そしてなにより、毎度ながら愚痴さえこぼしてくれない颯生に、少しだけもどかしさも覚える。

(言うのも、いやなのかなあ。おれ、ここにいるの邪魔なんだろうか)

こういう場合、自分はこの場にいていいものかどうか。距離の取りかたがまだよくわからないな、と思いながら、ふと思い立って謙也は立ち上がる。

「あ、な、なに？」

突然身を起こした謙也に、びくっと颯生は反応した。帰るのか、と目顔で問われたのがわかったので、ああ、いていいんだなと謙也はほっとする。

「あの、台所。借りていいですか？」

いいけど、と目を丸くしている颯生をあとにして、謙也はさっさと手みやげの包みを冷凍庫からふたつ取りだした。さすがに男のひとり暮らしでは蒸し器などは見つからないので、底のついたざると適度な深みの鍋で代用できるかと判断をつける。

「なに、豚まん？　蒸すの？」

「うん、十五分ってとこかな？　ちょっと待っててくださいね」

なんなのだろうと首を傾げた颯生が、いつかのように謙也のうしろから覗きこんでくる。さらさらの髪が肩に触れて、ふだんから身に纏っているブルガリが鼻先をかすめた。

ほのかな体温を感じさせるそれが、やっぱりいい匂いだなあと、ちょっとときめいてしまう。

「え？」

背中越しに腕を伸ばして、細い手首を摑む。そのまま引き寄せて両手を包みこむと、驚いたような声を出したわりに、颯生はすんなり背中に抱きついてくれた。

おずおずと額を背中に押し当てられ、シャツ越しの呼気があたたかいなと思う。

しゅんしゅんと、即席蒸し器となった鍋から蒸気が漏れて、部屋の中があたたかく湿った。

言葉はないままじっと体温を感じあっていると、心まで潤う気がする。

(もっとこういうの、したいなあ)

恋愛になるとベタベタに甘えるから、などと宣言したわりに、颯生は自分からスキンシップをしかけてくることがない。お互い仕事もあって、それこそ学生のように毎日会えるわけでもない分、馴染むのに時間がかかるのはしかたないと思うのだが、謙也としてはもう少しどうにか、といつも思っている。

「……ん、できたかな」

鍋の蓋を開け、竹串がなかったので適当な箸を豚まんに刺してみる。感触から上手にふかせたことがわかって、颯生の腕を名残惜しくもほどき、謙也はにこりと笑みを浮かべた。

「皿、出します？」

「ううん、いりません。なんかいらない紙、あります？　新聞とかでいいんですけど」

「え、新聞紙？　なにするんですか？」

食べるんじゃないのか、と驚きつつ、颯生は業界新聞である「繊研新聞」をよこした。謙也はまずアルミホイルで白くふわふわしたそれを包んで、保温のために古新聞でさらにくるむ。

「よし。んじゃ、颯生さん。外行きましょ」

「え、な、なに？」

ほかほかの新聞包みを抱えて、謙也は颯生の腕を取る。なにがなんだかわからない、と目を丸くしているのが妙にかわいく思えて、いいからと促した。

「そこの公園まで、散歩に行きましょう。会社と家の往復で、こもってちゃ身体《からだ》によくないです」

「え……あ、うん……？」

ドアを開くと、風が冷たく感じた。シャツ一枚では肌寒いだろうかと思ったが、天気がよかったので歩くうちにあたたまるだろうと、少し強引に腕を引いたまま歩みを進める。

数回通って覚えた颯生の家の近所には、外周一キロはある大きめの自然公園があった。過去にはじゅんさいが取れたという池は、一度宅地開発のせいで埋め立てられたらしいが、その後の自然保護運動で再度公園の形に作り直され、のんびりと散歩をするにはちょうどいいコースがある。

この程度で気晴らしになるとは思えないけれど、行き詰まっているときには、せめて身体から動かすのもいいだろう。そう思ってすたすたと歩く謙也のうしろから、ためらいがちの声がした。

「あ、あの、羽室さん。腕」

「うん？　あ、ごめんなさい、痛かったですか」

「いや平気だけど、外だから……」

口ごもった颯生に、なにかおかしいのかと言いかけて、ふと気づく。いい歳《とし》をした男ふたりが手を取って歩いていたら、たしかに少し目立つかもしれない。

(でもべつに、そんなに気にすることなのかな)

謙也としてはかまわないだろうと思うけれど、颯生の戸惑った顔を見て強く押すのはやめた。

なにより自分はたまに訪れるだけだが、ここは颯生の住まう街だ。気まずさを覚えるのは彼のほうであるのはあたりまえでもある。

ひとの感覚はそれぞれだし、颯生がいやがることをしたくはない。そう思ってできるだけさりげなく手を離すと、颯生がほっと息をつく。

（けっこう、こういうの気にするよな。颯生さん。おれが図々しいのかもしれないけど）

しかし、そのいろいろと複雑そうな表情に、なにか思うところがあるのかと謙也は感じた。ときおり、こんなふうに颯生は、翳《かげ》りのある表情を見せる。胸の裡《うち》にあるもののすべてはわからないけれど、どこか過去の恋愛において起きたできごとと比較されているのがわかって、その瞬間に謙也はなんとなく寂しくなる。

それでも、いま颯生の横にいるのは自分なのだ。早く、そうしたことに彼が慣れてくれればいいなと、毎度思うもどかしさを飲みこんで、謙也は明るい声を発した。

「あ、もう銀杏《いちょう》が黄色くなってますねえ。颯生さん知ってます？　銀杏って雄雌あるの」

「ああ、そういえば……なんかで習ったような」

もう忘れたなあ、と笑ってみせながら、颯生も空を仰ぐ。その瞬間、ほっと息をついた横顔が静かにゆるんで、強引にでも連れだしてよかった、と謙也も安堵した。

今日会ってからずっと下を向いている颯生のことが気になっていた。気持ちが折れそうなとき、ひとはなぜか地面ばかり見るようになる。だからせめて顔をあげて、ちゃんと上を見たほうがいいのだと、なにかの本で読んだ覚えがあったのだ。

「実がなってるのが雌の木なんだけど……ここ、なってるのないな。雄ばっかりかな」

「実が付くとくさいからじゃない？　そういえば学生時代、校庭の掃除ですげえ大変だった、踏むとくさいんだよね」

屈託なく笑う颯生に、さきほどふかした豚まんを渡す。アルミホイルで包んだせいか、少し湿っぽくなっていたけれど、有名店のジューシーなそれは充分おいしかった。

「学校っていえば、よく買い食いしたなあ、肉まんとか。なつかしい」

「あ、駄菓子屋で買うとしょうゆくれませんでした？」

「もらったもらった。で、制服に垂らして大惨事。学ランだったから色はいいけど、匂いがさあ」

「あー、しょうゆってすごいですもんね」

昔話をする颯生に相づちを打ちながら、ふと十代の彼を想像してみる。どうということのない制服もきっと、細くてきれいな颯生が纏えば洒落《しゃれ》て見えたのだろうなと思うと楽しかった。

「飲み物買ってくればよかったかな」

「ああ、あそこ自販機ある。休みましょうか」

散歩コースの舗装された土の道を歩きながら、適当なベンチを見つけて腰かける。もうあたたかいお茶が発売される時期なのだなと、自然物より自販機で季節に気づくのが、少しおかしい。

「……ありがとう、羽室さん。ほんとに」

「ん？　なにがですか」

ホットの缶茶を手渡すと、颯生は含みの多い声で礼を言った。なにが、と首を傾げた謙也に苦笑しながら、「気を遣わせてすみません」と言いながらプルトップを開ける。

「せっかく来てくれたのに、俺、いらいらしてて、みっともなかったですよね」

「え、いいえぜんぜん。おれこそ、邪魔しちゃったかなと思ってたし……気も利かないんで、散歩行きましょうくらいしか、考えつかなくて」

言いながら、しみじみ思う。普段着でさえも洒脱に着こなす颯生相手に、こんな年寄りじみた散歩など似合わなかったんじゃないだろうか。

「もちょっと、いろいろ店とか、遊ぶとことか知ってれば、連れてってあげられるんですけど」

「え、なんで？　俺いま、すごい楽しいですよ」

いまさらながら失敗したかなと思ってそう告げれば、颯生はきょとんと目を瞠る。

「楽しい、ですか？」

「うん、ほんとに。いや、正直、気取った店とかうるさいクラブとか、苦手なんですよね。飲みに行くのも居酒屋とかのほうが好きだし。けど、顔が派手なせいか、どうも遊んでるっぽく思われるらしくて」

ちらりと漏らした言葉に、また過去が覗《のぞ》いた。なにかを思い出したのだろう颯生の眉がふと曇って、しかしじっと見つめる謙也に気づけば、笑ってみせようとする。

それがどうしようもないくらい気にかかって、謙也は口を開いた。

「あの、颯生さん。なんかたまってることあるなら、言っちゃえばいいと思います」

「……え？　羽室さん？」

颯生ができるだけ、謙也に対していやな顔をしないようにしてくれているのはわかる。けれども、我慢してまで笑っていてほしくはないのだ。

「前にもほら。おれが行き詰まったら、話聞くくらいするって、言ってくれたじゃないですか。おれだって、その……頼りないかもしれないけど、愚痴くらい、聞きたいです」

真剣な顔で告げると、感情の読めない顔をした颯生はしばらく謙也の顔をまじまじと見つめていた。そのあと、自分の失敗を悔いるような顔をして、苦く笑う。

「うん、心配かけて、ほんとすみません」

「謝ってほしいわけじゃ――」

さすがに眉をひそめた謙也に、違うと颯生は手のひらを振った。肉が薄いせいか、ひらひらと動くきれいな指に目をやると、覚悟を決めたように颯生は息をつく。

「愚痴もまあ……開発中のプロジェクトのことなんで……同業でもある羽室さんに言うのは、どうかなって思ってたんです」

「あ……そ、そっか」

「でもそれ、却って失礼なんだなってわかりました。……愚痴っていいかな」

「……はい。ぜひ」

配慮が足りなかったと慌てる謙也に、もう一度手を振ってみせる颯生の前置きに頷く。

「いま新ブランドに携わってることは言いましたよね。それで青山にサロン作るらしいんですけど、そこアンテナショップにして商品を売り込むっていうからには、でかい仕掛けする気だなあと思うじゃないですか」

「ええ。なんか、颯生さんからはそんなふうに聞いてました……けど？」

先日来、はっきりと内容を告げない颯生のことが気になって、謙也も自分なりに情報を集めてみた。だがその内容を言いきれず、もごもごと口ごもったのは、その新ブランドとやらが、同じ宝飾業界内部でまったくといっていいほど噂にもなっていないせいなのだ。

――いや、ある意味では噂になってもいるのだが。

なんとも言えない顔になった謙也の内心を察したのだろう、颯生も肩を竦《すく》めて促してくる。

「いいですよ、もう。ストレートに言っちゃってください。ここだけの話で」

「あー、えー……まあ、ぶっちゃけ、相手にされて、ないですね」

さすがに恋人の関わっているプロジェクトについての露骨な評価――キワモノの素人道楽、と言われているのだ――をそのまま口にはできず、謙也は曖昧に言葉を濁した。

だからこそ、いったいどうなっているのかと、心配する部分も強かった。妙な会社に関わって颯生の経歴に疵《きず》がつくのもよくないなと思っていたし、彼がそれで疲れているのも事実だ。

「てこ入れに神津さんまで誘ったっていうから、かなり本気なんだろうと思ってたんですけど、その辺、どうなんですか？」

「神津さんも俺と同じ。言うこと片っ端から却下されて、なんのためにいるのかわからなくなって、かなり悩んでるようです。そのくせ早く持ってる取引先のデータよこせってせっつかれて」

取引先へと顔をつなぎ、人脈や顧客名簿を手に入れるためだけに誘われたのではないのかと、神津も煩悶《はんもん》していると聞かされ、謙也はさすがに顔をしかめた。

「エクセルに日がな一日、住所入力してるんですよ。慣れないパソコンで、一本指でずっと」

「入力って……待ってください、あの神津さんにそんなことさせてるんですか⁉ そんなのコピー渡して、誰かに打ちこんでもらえばいいじゃないですか！」

神津ほどの人物はそんな単純作業をする立場ではないだろうと目を剝けば、社長に当てこすられ、パソコンの前に座るように強制されたのだと聞かされた。

「俺もそう言ったんですけど、なにしろ頓挫だらけの状態なんで」

――人件費だけでもばかにならないんだ。うちの社員にそんな手間をかけさせる気か？ほかにすることもないんだから暇な人間は雑務だけでもやってくれたまえよ。

いかにも役立たずと決めつけられて青ざめる神津に、颯生はかける言葉もなかったそうだ。

「だったら俺がやるって言ったら、こっちはこっちで『無駄なことしないで使えるデザイン出せ』でした」

あまりの状況に、それはさぞかし神津も颯生もやりきれなかろうと、謙也は嘆息する。

（そんなことになってたのか。あの神津さんなら顔も広いし、名前だけで利くだろうけど）

この業界では、神津の名はやり手の営業としてとみに有名であり、彼の仕掛ける仕事であれば、という信頼も各社に厚い。また長くこの世界にいる分だけ人脈は広く、それこそ『顔』で仕事が取れる、希有《けう》な人材なのだ。

つまりは神津の握っている販路開拓のための交渉術と、顧客情報を手に入れるだけでも、その会社には大きなメリットがある。だがそこに神津自身の意志や、仕事人としてのプライドがあるかどうかはまた、べつの話だ。

「羽室さんもわかるでしょう。いまのジュエリー業界で新ブランド作るってなったときに、商材のデザインパターンが十数点しかない、しかもメインラインが十万台、最高額が五十万ちょいしかない商品で、売りが仕掛けられるわけあると思う？」

いろいろ開き直ったのだろう、颯生は思いきり具体的な数字と内容をあげてきて、謙也はぎょっと目を瞠った。

「おまけにネックなどの大物はろくになし、半貴を使ったリング系ばっか。ライン展開のやりようもありゃしないよ」

あまりに常識を無視した状況に、謙也は唖然となった。

「あの、ショップって何軒あるんです？　百貨店展開は？　催事は？」

「……いまんとこショップ一店のみ。催事と百貨店は『追々考える』んだそうです」

矢継ぎ早に問う謙也に対し、颯生はうんざりと首を振ってみせた。あげくには店舗展開も一店のみで行う気満々だとまで聞かされて、謙也は目眩《めまい》を覚えた。自社の例に照らし合わせるまでもなく、無理がありすぎる。

「そもそもそんなんじゃ、催事でブース取ったって、誰も見てくれませんよ」

例をあげれば、宝飾の年間的な大催事であるフェアなどでの、各社ブースの予算達成額は数百万から数千万、場合によっては億にも届く。そこにはやはり新作などの目玉商品をメインに、ディスプレイも贅を凝らして競い合う必要がある。数千万単位の商品を『見せ商品』として持ってくるブースさえあるほどだというのに、そんな状態でどうやって業界に乗りこむ気なのか。

「あのですね、それ。まさかと思うけどアクセサリーとジュエリーの区別、ついてないとか……ですか？　いいとこデパート一階の価格帯じゃないですか」

「どうもその区別がついてない以前の問題みたいです。いっくら説明しても聞きやしないし」

正直いえば、モノ自体がすべて悪いわけではない。だが、商材にはそれに見合った戦略と展開というものがあると颯生は嘆息した。

「これが、大人のアクセサリーっていうか、本物指向で、かつリーズナブルなライン狙いならまだ、わかるんです。ＯＬさんがちょっと背伸びすれば手を出せる、イタリアンジュエリーみたいなのってんならね」

「あ、ええ……でもそれってやっぱ、全国展開しなきゃ、無理じゃないですか」

「ええ。百貨店展開もしてアクセコーナーにショップ据えて……ってあたりを狙うならいい。だけど、関野社長的にはショップは一店、入り口を狭くして、商品自体は展示しない。奥からうやうやしく出してきて、セレブ気分を味わえるようにしたい、んだそうで」

どうやら関野が目指すのは、ハリー・ウィンストンあたりの『セレブリティが纏う超高級ジュエリー』らしいと聞いて、謙也はもう言葉を失う。

「それ要するに、量販品の格安服を、オートクチュールのサロンで売ろうとするようなもんですよね……」

「あ、そうそうそういうこと。うまいね羽室さん」

仕掛ける方向性自体が見当違いなのだ。そしてその差を畑違いの人間に説明するのが、非常に難しいのは、ある意味特殊すぎるこの業界に馴染むまで時間のかかった謙也自身わかっている。

「そんな無茶苦茶な。神津さんの販路も高級宝飾の方面ばっかりなのに」

「だから神津さんも、仕掛けるに仕掛けられないんです。知ってる取引先にも、下手に話を持ちかけられなくて」

それは難航するはずだ。思わず髪をかきむしって唸ったあと、謙也はふとさきほど颯生が漏らした言葉を思い出した。

「あの、無知ですみません。さっき爪の内側にゴールドがどうこうって言ってたけど……あれ、なんですか？」

謙也は営業的な知識はあっても、まだ制作に関してのそれが足りない。また知りあったときから、圧倒的に謙也のほうが知識不足でいろいろ教えてもらってきたため、こういう質問も気兼ねなくできるし、そして颯生もいやがらず、あっさりと教えてくれた。

「ああ……プラチナにダイヤあしらう場合で、石があんまりよくないときに、爪の内側にゴールドを薄く流すと、反射が強くなるんですよ。で、実際のグレードよりきれいに見える」

「へえ、そんな裏技あるんだ」

感心する謙也に、颯生は苦笑しながら眉を寄せる。それが実際的な手法ではあるのだが、という口調は硬く、その提案を彼が快く思っていないのはすぐにわかった。

「まあよくある手っちゃあ手なんですけど……それでごまかすってのはどうもね。ただでさえ、低価格帯しかないとこに持ってきて、そんな真似までしちゃあ、最悪です」

せこくていやだ、と口を歪める颯生の顔は険しい。営業方針が間違っていることや、上司とうまくいかないこと以上に、彼は自分のデザインを軽く見られているのがたまらないのだろう。

「神津さんの狙いだって、絶対間違ってない。あのひとの考えたとおりのブランドさえ作れれば、それこそ日本だけじゃないスケールのものになれるかもしれないのに」

だからこそ惜しいと唇を噛む真剣な横顔に、どこか色気が滲んでいるのはなぜだろうか。きりきりと神経を張りつめる颯生は、疲れていてもやはり強いなと思う。

(すごいよなあ、こういうところ、ほんとに)

プライドは高く、それだけにやるべきことはきちんとこなしたいというジレンマに陥っている颯生に、感嘆と同情を同時に覚えつつ、謙也はぽつりと感じたままのことを口にした。

「颯生さんならそんな手使わなくっても、きれいに石を見せるデザインできますよねえ」

「……え」

「えって、え？　それができるのに、きちんとそういうこと把握してデザイン吟味もしないで、ずるっぽいことしようとしてるから怒ってるんでしょう？」

違うんですか、と首を傾げた謙也の前で、なぜか颯生は赤くなった。なにか変なことでも言っただろうか、と怪訝に思いながらじっと見つめていると、目の前のひとは顔を覆ってうなだれる。

「あー……ええ、まあ、うん……」

「だって今回の件も本来、神津さんがきちんと企画立てて、そのとおりに颯生さんがデザインすれば、絶対うまくいくものでしょう？　それできないから、悔しいんですよね？」

颯生のデザインの腕は謙也がどうこういうより、はっきりと数字で立証されているし、だからこそフリーデザイナーなのに仕事が引きも切らないのだ。

「うん、えっと……ありがと」

「え？　なんでありがとう？」

お世辞でもなくあたりまえのことを言っただけなのに、と謙也はきょとんとしてしまった。その目の前で、颯生は妙に顔をしかめて、うだうだと呟いた。

「あー……羽室さん、ほんとアレですよね」

「アレって？」

「いやなんつうか、直球というか、いやー……」

ふだんは自信満々のくせに、なんでそんなに照れてるのだろうなあ、と謙也は思う。

「なんですか？　おれ、変なこと言いました？」

「いや、うん、なんでもない」

いくら自負があっても、真っ向ストレートに褒められるのはくすぐったいのだと理解できないままの謙也へ、颯生は困ったように笑ってみせた。その、目を細めた少し赤い顔が見慣れず、うっかり謙也は見惚れてしまう。

（う、なんか……かわいいかも）

じっと見つめていると少しはにかんだように笑いながら「なに？」と訊《き》かれて、その声があんまり甘いので、一瞬思考が止まってしまった謙也の口から、ぽろっと本音がこぼれる。

「――あの、なんかいま、すごくキスしたいです」

「へ？　あ、え……？」

素のまま、照れもせずに言ってしまったせいで、颯生は一瞬なんのことかわからない顔をした。ややあってじわあっと形のいい耳が赤くなり、謙也は「うわあ」と内心声をあげた。

「えと、そういうのは、外では……」

「あ、ああ、すみません」

勘弁してくださいとうつむいた、細い首も真っ赤だった。触りたいなあ、と思って我慢しきれずに、うずうずする指でちょっとだけ触れたら、颯生はびくっとしたけれど怒らなかった。

「部屋、戻ります……？」

「うん……」

天気のいい午後、爽やかな風の吹く公園で、どうしようもなく盛りあがってしまった。かなり恥ずかしいなあと思いながらも、そういう気分はけっしていやなものではなかった。

帰り道にこっそり手をつないで、颯生が困った顔をするからすぐほどいた。けれど、ひとの姿が消えるたびに指を握ると、ちょっとだけ軽く握りかえしてくれる。

ああ、このひとが好きだな、とあらためて感じて、すごく幸せで、なんだかじわっとする。同じくらい颯生も幸せでいてくれるといいなと思いながら、横にいるきれいなひとを見つめた。

さらさらの髪を撫でたかった。あたたかく細い身体をぎゅっとして、颯生の匂いを感じていたい。セックスするしないではなく、そういうふうに抱きあいたいと強く謙也は思う。

「仕事、うまくいくといいですね」

「うん。……もう少し、頑張ってみます」

「はい。でも、頑張りすぎないでくださいね」

そう告げると、颯生は照れたように笑ってこくりと頷いた。

こんなふうに笑わせてあげられたのが自分だったなら、それはとても嬉しいと、謙也は思った。

＊　＊　＊

謙也に慰められた休日、颯生はどうにかリテイクのデザイン案を描きあげた。週明けには例のジャン＝クリストフが日本に来るということもあり、どうでも完成した企画書を提出せねばならなかったからだ。

当然、謙也は部屋の中でほったらかす羽目になった。忙しさに遠慮して「邪魔だろうし、帰る」というのを泊まっていってくれと言ったのは颯生のほうで、そのくせ恋人らしいことは——身体のスキンシップも含めて——なにひとつ、できなかった。

あげくに、二日間の食事は全部謙也のほうが作ってくれたから颯生はもう恐縮するほかない。

——ごめん、ほんとにすみません。

——いいですよ、これくらい。それより、疲れたなら甘いモノ食べます？

机にしがみついてラフデザインを描く颯生に、気にしないでと笑った謙也は、台所に残っていた小麦粉と卵で、砂糖をまぶした丸いドーナツを作ってくれた。

——サーターアンダギーもどき。うちの母がよく作ったんです。頭使うひとは糖分と炭水化物は摂《と》らないとね。

こんなふうに彼を育てた母上に感謝して、甘いおやつを颯生は囓《かじ》った。

おまけに「ちょっとだけご褒美ください」と、砂糖のついた唇にキスまでされて、それじゃあ嬉しいのは自分だけだと思って、赤くなるしかなかった。

いったいどこまでできた恋人かと泣きそうになるくらいに、謙也はひたすらやさしかった。

(やれることやるしかねえや)

正直言えば、相手の言ってくる注文に対してのネタは出尽くした感があったが、やさしく励ましてくれた彼に対して、恥ずかしくない仕事をしたいと思った。昔から描きためていたデザインスケッチも資料もすべてひっくり返し、そうして描きあげたデザインは、自分でも悪くないと思えるものだった。

休日ではあったが、念のため神津に見てもらいたいと画像をメールで送りつければ、嬉しげに電話をしてきた壮年の部長は「これならば」と声を弾ませた。

『いままでのもけっして悪くはなかったけれど、いいできですよ、三橋さん。これは売れる、ほんとうに。早く制作して世の中に出して、売ってみせたいね!』

まるで若者のように無邪気に言う神津に、颯生も嬉しくなった。なにより目のたしかな彼に絶賛されたことで、今度こそはという思いもあった。

だが——やはりそれは、ろくに吟味もされないままで却下を食らうことになったのだ。


週が明け定例のブレインストーミング。今回は会議室ではなく社長室に呼び出されて赴けば、接客用のソファには赤毛に髭《ひげ》をたくわえた小柄な外国人がふんぞり返っていた。

「いったいなにが不満なのか、俺はわかりません」

青ざめた顔で呟く颯生の顔色に、言葉は通じなくとも、不快さは伝わったのだろう。わざとらしい態度で肩を竦めたこの男こそが、ようやくの来日を果たしたジャン＝クリストフだ。

彼との顔合わせのため、この日はスーツを着てこいとわざわざ通達されていた。

だが結局は挨拶も、面通しの紹介もないままに、関野は颯生を呼びつけるなり「こんなものは使えない」と言ってのけたのだ。

（もう、どうしろってんだよ）

いままでメールやファックスでのやりとりのみでも、ころころ意見が変わる彼に振り回されてはきた。しかし目の前でフランス語をまくし立てる男の見るからに高慢な表情に、颯生は既に絶望感さえ覚えた。

そうして立ち竦む颯生の前で、フランス人デザイナーは早口の母国語で大川に対してなにかを囁いた。むろん颯生はフランス語を解することはできないけれど、その態度はまるで、直接口を利くのもわずらわしいと思っているように見えた。

そしてそれはけっして穿《うが》ったものの見方ではなかったのだろう。直接伝えればいいものを、大川はそれをさらに関野へと耳打ちし、小馬鹿にしたような鼻息が二代目社長から漏れた。

「ジャン＝クリストフが言うには、『きみのそのわからなさこそが問題だ』ということだ。

いったい何度コンセプトを説明すれば理解してもらえるのかね？」

「……っ」

こちらも鷹揚《おうよう》ぶった嫌味な口調で告げた関野に、颯生は震える拳を握りしめた。

「いったいきみはこの数ヶ月間、なにをしていたのかね。こんなものを出してよこして。なにを勘違いしているか知らないが、デザイナーは彼であって、きみではないのだよ」

いまいかにも、どうでもよさそうな顔で関野がひらひらと振ってみせるのは、颯生のデザイン画だ。理不尽すぎるリテイクに耐えかね、あげくには必死で仕上げたデザインを粗末に扱われて、もはや颯生はどうしていいのかわからなくなる。

（だったら、その男自身がラフデザインのひとつも描いてみせればいい）

（そうまで言うなら価格帯まで睨んだコンセプトのひとつも呈示してみせろ）

（ひとが出したモノに意味もなく没を食らわすのが仕事だとでも思ってるのか。そういうおまえにいったいなにができる！）

頭の中に渦巻いた反論は、ひとつも口にできなかった。上司に逆らえないのではなく、それらのことを訴えたとしても、端《はな》から理解する気のない相手に対しては無意味であると知る程度には、この数ヶ月は長かった――長すぎたのだ。

「もう……」

無理です、と。青ざめ、震えた唇から弱音がこぼれそうになった瞬間、颯生の背後から深みのある声が発せられた。

「もう、無理ですね。これは」

(え)

自分の内心をそのまま言葉にされ、はっとして颯生が振り返る。それまで、ひとことも口を挟まず押し黙っていた神津は、颯生には視線を向けないまま、深々とため息をついてこう言った。

「社長。もうこのプロジェクトから、三橋さんは手を引いてもらいましょう」

「それ……って、神津、さん」

どういうことだ、と颯生は目を瞠る。淡々としたままの表情でいる神津は、せめて自分と同じ気持ちでいると思っていた。

(なんで、なんだよ、それ)

昨日の電話口で、あんなにもこのデザイン画を褒めてくれた男が発した言葉とは思えない。現状を理解しきれず、颯生は呆然《ぼうぜん》としたままだ。その目の前では、「そうだねえ、これは見こみが違った」といかにもらしく関野が頷いていて、ますます颯生はいたたまれなくなる。

「もうこれならいっそ、ただの図面起こしができるデザイナーで充分だと思います」

「なるほど、そうだな。よけいなことをされるよりそのほうがいい。誰か当てはあるかな?」

立ち竦み、硬直した颯生の頭上で交わされる会話の意味を理解したくなかった。がんがんと頭痛がひどくなり、もう倒れそうだ――と颯生が目を瞑《つむ》った瞬間、背中に手のひらがあてがわれた。

「……え？」

大きくあたたかい、少し皺のあるそれは、神津のものだ。はっとして、状況が理解できないまま颯生が振り返れば、神津はやわらかに笑ってみせる。

その笑みと、いま発せられた言葉のギャップに颯生はいたずらに戸惑い、頼りなく瞳を揺らしてしまった。

(どういうことですか)

だが目顔で問う颯生に、神津はただ頷いたのみだ。そして関野に向かい、静かな、しかし力強い声でこう言ってのけた。

「そんなものは自分でお探しなさい」

「え……」

あっさりした台詞に、颯生はいよいよ混乱した。だが、関野もまたなにを言われたのかわからない、というように、ぽかんと口も目も開いたままだ。

周囲の困惑をよそに、ひとり落ち着いた態度の神津は、深いゆったりした声で言葉を綴《つづ》った。

「社長、いえ、関野さん。わたしはね、才能のある若いひとがいたずらに押し潰されていく状態だけは、やはり見すごせないんですよ」

「……神津部長……？」

まだ混乱したままの颯生の肩を、力づけるようにぽんぽんと叩いて、神津は手を離す。そうしてその手で、胸元から白い封筒を取りだした。

「今日のこの事態を、予想しなくはなかったので。こうしたものを用意してきました」

辞表、と大きく達筆の筆文字で書かれたそれを見て、颯生も関野も息を呑むほかない。

「ついでに言えば、あなたがたの無知に対していくら言葉を尽くし、なにを教えて差し上げても無駄と言うことも、大変よくわかった」

「な……っ⁉」

「三橋さんともども、わたしもこの企画から手を引かせていただきましょう。見こみのない仕事に時間を費やすほど、ばかなことはない」

きついことをさらりと言って辞表を社長席に滑らせた神津は、どこか晴れ晴れとした顔でいる。

関野はその穏やかながら有無を言わせない態度に気圧《けお》されたように、口をぱくぱくとさせるばかりだ。大川も唖然としたまま、ジャン＝クリストフに通訳をすることも忘れ、取り残されたフランス人はなにかを早口に彼女に語りかけていた。

『いったい、なんなんだ。なんの話なんだ⁉』

その焦った口調から、いっさいフランス語を聞き取れない颯生でも、ジャン＝クリストフのわめく言葉の意味がわかった。だが彼と同じく、目の前の神津の言動が理解しきれないでいる。

場を凍りつかせた張本人だけがひとり飄々《ひょうひょう》と、それこそ用意しておいたのだろう台詞をすらすらと口にする。

「ああ、販路についてのデータだけは差し上げます。お借り受けしたパソコンの中に、エクセルファイルが入っている。あとは自分で好きになさい」

その言葉の中には『使えるものならば』という含みが大きい。たとえ販路――取引先各社の連絡先住所録を手に入れたとしても、神津の名前がなければ、取り合う企業などあるはずがない。

ようやく我に返ったように関野は顔を赤らめ、うわずった声で叫んだ。

「なっ……なん……なんて無責任な！　仕事を途中で放り出す気か、きみは！」

「無責任というのは、この場合当てはまりませんね」

反応など予想済みだったのだろう。なじる関野の剣幕にもいっさい動じないまま、やれやれと神津は肩を竦めてみせた。

「わたしはわたしの人生と、いままで成してきた仕事と、わたし自身の名誉に対して責任がある。そしてあなたがたにこれ以上つきあい、若い三橋さんが無意味に潰されていくことを、年長者として防ぐ責任もある」

けっして恫喝《どうかつ》するでもない、穏やかな声ながら、神津の言葉にはその場の誰の反論も許さない強さがあった。

「だから、この会社においての責任をわたしが果たす、最良の方法はこれだと信じます。……既に引き継ぎの必要もない。書類はすべて揃っていますしね。そこのフランス人デザイナーとやらと、仲良くおやりなさい。それでは」

にっこりと告げて、颯爽と神津はきびすを返す。爆弾発言に呆気《あっけ》にとられた関野以下三名はその堂々とした背中を見送るしかできず、ただ金魚のように三つの口を開閉していた。

「……っ、ちょ、ちょっと、待って！」

いちばんに我に返った颯生は、残された連中を顧みることもしないまま、神津のあとを追った。

(なんだ、これ。なにが起きてんだ⁉)

混乱の激しい頭に痛みさえ覚えつつ走る。案外歩くのが速い神津を捕まえられたのは、社長室から出て、いつもの自分たちのフロアに向かう途中の階段だった。

「こ、神津部長！　待ってください」

「うん？　すっきりしたねえ、三橋さん。ああそうそう、もう部長ではないよ」

颯生の焦った声にも、彼はまったく動じなかった。言葉どおりの表情で、伸びをしてみせる神津の頬は、ここ数ヶ月にないほど若々しい気がした。

「さっきの……いいんですか、ほんとうに⁉　これからどうなさるんです！」

息せき切って問いかける颯生のひきつった顔を眺め、「ううん」と彼は首を傾げてみせる。

「さあ、どうしようかなあ。とりあえずハローワークにでも通うか」

「こんなときに、冗談はよしてください……！」

その落ち着き払った態度にいっそ苛立たしさまで覚え、颯生は声をうわずらせた。

たしかに撤退するならいまがチャンスと颯生も思ったことはある。しかしそれはもう少し下準備を整えてから、双方にとってできるだけ穏便な形を取りたいと考えていた。

それをいきなりあんな、辞表を叩きつけるような真似をさせてはいけないと思った。なにより、オルタナティヴ・ファラド自体が業界に打って出る話は既に広まっており、そこに神津が関わっていることも噂になっているのは謙也の話で知れる。

そのあげくに、『あの』神津が仕事を投げたなどと、いやな中傷でも回ってはまずい。それこそ狭い世界だけに、良くも悪くも噂は一瞬で駆け抜けるのだ。

（だめだ、このひとの経歴に疵をつけちゃいけない）

たった数ヶ月の関わりながら、神津の仕事のたしかさは颯生がいちばん知っている。

「俺のデザインひとつの話で、こんなことになっちゃ、だめですよ！　神津さんが抜けたらこのプロジェクト、どうなるんです⁉」

自分のようなぺーぺーの若手ならやり直しもきくけれど、それこそ彼の名誉のためにそれだけはよくないと颯生は必死で訴えた。

「それにあんな、勢いまかせな行動なんてあなたらしくないじゃないですか！」

落ち着いて、もう一度考えてくれ。どうにか翻意してくれないかと颯生が詰め寄れば、ふむ、と唸った神津はやはりのんびりと言った。

「……らしい、らしくないなどと誰が決めるのかな」

そっと告げられたそれに、決めつけないでくれという響きがある。ぐっと言葉もなく押し黙れば、神津はけっして颯生を責めるでもなく、淡々とした声を階段に響かせた。

「わたしはわたしなりの生きかたしかできはしないよ。それにまあ、勢いまかせというばかりでもないんだ」

その言葉が、力強い声が、今日取った行動が考えに考え抜いた上での結論であるという気概を知らしめる。押し黙り唇を噛んだ颯生に対し神津は軽やかに笑った。

「ああ、三橋さんの身の振りかたまで勝手に決めたのは悪かったけれど」

「そんな……それは、いいんです、けど」

だけど気持ちは同じだっただろうと告げられて、そのとおりだから颯生はうなだれるしかない。颯生の気まずげな様子に、いっそ微笑《ほほえ》ましいと、神津は目で語っていた。

「しかし、わたしがいたところで、この会社の役には立たないよ。いやはや、ロートルには厳しい環境だった。……見てみなさい、三橋さん」

「なにを……」

すっと神津が指し示したのは、階下に見下ろせる開発部と制作部だ。いかにも業界人という雰囲気の連中が携帯片手にひしめき、開発部では明智の部下らがパソコンを操っている。

「この世界は、わたしがいた世界とあまりに遠い。情報が一瞬で流れ、消え、また新しい情報が訪れて——それは若いひとの時間の流れには即しているのだろうけれどね」

だがあまりに忙《せわ》しないでしょうと、ほろ苦く神津は笑う。

「宝飾は、何年、何十年と親から子、孫にも受け継がれていくものだよ。それこそ、数千年というときを経てなお輝くものだ。そういうものを生み出したいと願い作りあげる、そして名を残す、それこそが——ブランドではないかな？」

そういうものを生み出すにはあまりにも、関野もこのオルタナティヴ・ファラドも若すぎるのだと、遠い目をした神津は語った。

「なによりね。三橋さんのあのデザインは、素晴らしいものだとほんとうに思った。こういうものが生み出せるデザイナーを、その若い力を、ただのひとつも理解しない相手と仕事をしても、さきは見えているよ」

「そんな、俺は……っ」

もうなにを言っても無駄なのだと、その瞳の強さに颯生は黙りこむしかない。なにより、神津の言葉に反論をする材料がなく——また、自身を認めてくれたことに、感動さえ覚えていた。

「ああ、でも……三橋さん自身がこの会社に残りたいのであれば、悪かったね」

「いえ、それはありません。でも……ひとつだけ、残念なことがあります」

「なんだい」

いまさらで悪いと詫びた神津に、颯生も力の抜けた笑みを浮かべた。そうして、気負いの抜けた声でこう告げる。

「俺は、神津さんと仕事がしたかった。それが完成を見ないで終わるのが、悔しいです」

「ああ……ああ、ありがとう。そうだねえ、わたしもそれだけが残念だ。だが、この業界にいればいずれ、機会はあるでしょう」

笑いあって、どちらともなく手を伸ばし握手を交わした。さきに行くという神津を見送ったあと、颯生は軽い混乱を残す頭を振って、苦笑混じりの声で呟いた。

「はは……数ヶ月の仕事は、パーか」

必死になって練り上げた企画もデザイン画も、このまま関野のデスクの引き出しにでもしまいこまれるのだろう。まあそれも、覚悟の上のことだ。ただこのプロジェクトのためにほかのフリーの仕事はいっさい請けていなかったため、当面の間無職になるが。

「俺もハローワークにでも行くか、ねえ」

冗談めかして呟いたあと、ため息をついて顔をあげる。神津ではないけれど、ほんとうにすっきりしたのは事実だ。

あとのことはいままでと同じく、自分の腕次第ということだ。チャンスを摑むには寝ていては無理だから、仕事がなくなったら、売り込みをかければいい。まずは先日断る羽目になった依頼先に顔つなぎにでも行って、地道にやればいいだけだ。

新卒から勤めた会社を辞めたときより、少しは度胸も、そして自信もスキルも身につけた。ひとつが失敗したからといって、なにもかもなくしたわけじゃないと颯生は強気に考える。幸い、こういう不測の事態に備えて、当座の生活がまかなえる程度に貯金はある。しばらくはそれを当てにして、楽にすごすのもいいだろう。

（ああ……その間、謙ちゃんとのんびりするのもいいか）

まああちらも会社員であるから、そうそう颯生につきあえるわけではなかろうが、それでもここしばらくの埋め合わせをできればいい。ずっと自分の都合ばかりで振り回してしまったから、今度は自分のほうが彼に合わせて、時間を作ろうと思う。

そうして、やさしく大事にしてもらった分を、できる限り返せればいい。

「となれば、立つ鳥あとを濁さずだ」

こんな会社にいつまでもいたくはないし、さっさと済ますに越したことはない。ともかくデスクの片づけでもしようかと颯生が顔をあげた瞬間、こちらに向かって走ってくる男の姿が見えた。

「明智……？」

苛立たしげな様子に面食らい、ぼんやりと名を口にした颯生の前で、明智は鋭く舌打ちをする。

「どけよ、邪魔だ」

「え、ああ」

道をふさぐなということかと、階段の脇に身を寄せた颯生を明智が乱暴に小突く。かなりの力に痛みを覚え、むっとするよりさきに明智がいらいらと言い放った。

「ったく、あの爺さんもおまえも、なにしてくれたんだよ！　おかげでこっちまでっ」

「え、な……なんのことだよ」

「おまえらのやってた『オルカ』のサイト作成、イチから見直しになったんだ！」

まだ言い足りないような顔をしてはいたが、呼びつけられてそれどころじゃないのだろう。焦りもあらわに明智は階段を駆け上がり、残された颯生はやれやれとその後ろ姿を見送った。

「ああいうとこ変わってねえなあ……」

ふだんは自信満々といった態度だが、なにかひとつでも事態が自分の思惑から外れだした途端、彼は余裕をなくす。有能ではあるのだろうが、癇性なあの性格はやっかいで、とてもではないがふつうの神経ではつきあいきれるものではない。

よくあれでOSのプログラミングなどという、デバッグに追われる仕事がやれるものだ。それともストレスの多い細かい仕事は部下任せなのだろうか——と考え、明智のことなどどうでもいいかと颯生は首を振る。

(あ、でもこれであいつと顔を合わせなくて済むわけだ)

今回の事態でそれがいちばん幸せなことだと颯生は唇をほころばせる。なにもかも、肩の荷が下りたような気分でいるあたり、明智の存在もけっこうなストレスになっていたのだろう。

「……メールしとこかな」

現金なもので、なんだか世界のすべてがうつくしい。こうしたときにはやはり、謙也の顔を見たくなる。昨日までの礼もあるし、早速連絡をしようと携帯を開いて、手短に文章を打ちこんだ。

『いろいろ片づきました。お礼もかねて報告したいけど、今日は時間ありますか』

送信して数分も経たないうちに、消音している携帯が振動する。相手は当然謙也で、返信が早いなと思いながら文面を見れば、自宅にいるということだった。

『お礼とかはいいけど、会えるのは嬉しいです。じつは代休で、今日明日休みです。どうとでも都合はつきますので、会社近くまで行きますね』

それでは昨日の夜、家に帰ると言ったのは颯生に遠慮してのことだったのかと、メールの内容ではじめて知る。

「言ってくれればよかったのに……」

結局は遠慮をさせていたのだと、少しだけ肩が落ちた。けれど本音はその気遣いが、颯生には嬉しかった。

はやる気分を抑え、本日の定時まではおそらく会社にいるという旨を返信すると、携帯をしまう。歩き出す颯生の足取りは、さきほどの神津に同じく、もうなんの惑いもなかった。

＊　＊　＊

颯生との待ち合わせはオルタナティヴ・ファラド本社のある駅の近く。適当なコーヒーショップで時間を潰しているから、携帯に連絡をくれとメールしておいた。

（まだかな）

もう六時をだいぶまわったところで、思ったより長引いている颯生の退社に、少しずつ謙也の胸に不安が募る。

カウンターに腰かけた謙也の不安顔は、通りに面した窓の向こうに何度も向けられた。

この日の午前、颯生からの思いがけない連絡に、時間を持てあましていた謙也は一瞬だけ喜んだ。しかし文面をしげしげと読み、ふと考えて、これはもしかして悪い報告か、と勘ぐった。

（だってデザインＯＫなら、そう書くよな……颯生さん）

片づいた、という物言いも気になった。ただ液晶画面の短い文章からは、そう深刻な雰囲気も感じられず、それだけに首を傾げてしまう。

とりあえず了承の旨を返信すると、今度は定時であがれると来た。いよいよなにかあったかな、と思いながらまずいコーヒーを啜っていた謙也の手元で、消音にしてあった携帯が振動した。

「――あ、はいっ」

『羽室さん？　三橋です。いまさっき会社出ました』

謙也は電話を取って立ち上がると、残ったコーヒーを慌てて飲み干す。店内を横切りながら紙カップを乱暴にダストボックスに突っこんで、店の外に向かった。

「あの、いまどこですか？　おれ向かいますから」

『うん、ここ』

ここって、と首を傾げつつ自動ドアを出ると、謙也は周囲を見まわした。すると、そこには携帯を片手にひらひらと手を振っている颯生の姿がある。

（わ、めずらしい）

秋物らしいすっきりしたコートを纏う颯生は、見慣れないスーツ姿だった。

家から出てきたため謙也は私服のままで、いつもと逆だなと思いながら、学生時代から長年着ているピーコートを片手に、きゃしゃなシルエットへ近寄った。

「あ、あれ。よくわかりましたね」

「この辺で見通しきいて、待ち合わせに向いてるとこ、この店くらいしかないから」

お互いに通話を切って近寄ると、颯生は軽やかに笑ってみせる。その表情もこのところになく明るいもので、仕事がうまくいったにせよそうでないにせよ、彼の心が楽になったのだろうなと謙也は感じた。

「さて、どこ行きましょうか」

「ああ、そうですね。近くで……っていってもこの辺オフィス街だし」

とりあえず詳しい話はあとで聞けばいいだろう。そう思って、食事はどうしようかと提案しつつ、連れだって歩きだした。だが、続いた颯生の言葉に謙也は怪訝に眉を寄せる。

「ちょっと渋谷のほうまで出ますか？　それとも、いっそ家のほうまで行く？」

「家って……颯生さん、明日は仕事は？」

提案に少し驚いた。お邪魔するのはやぶさかではないが、自宅に招かれると切りあげどきが難しくなる。この日は月曜日で、代休の謙也は明日までまるまる休みだが、颯生は出勤ではないのか。考えるよりさきに口をついて出た問いに、細く薄い肩が軽く竦められた。

「ん。行かなくてよくなっちゃった」

「え……」

さらっと口に出された内容は、よもやと思っていただけにあまり驚きはなかった。だが、やはりという危惧が当たってしまったことに顔をしかめると、颯生の薄い手のひらが肩を叩く。

「それでいろいろすっきりしたし、それ聞いてほしくて呼び出しちゃいました」

言葉には嘘も衒《てら》いも見えないけれど、それでも、と謙也は戸惑いながら口を開いた。

「……颯生さんは、いいんですか？」

「いやなヤツの顔も見なくていいし、わけわかんないリテイク食わなくて済むし。……うん、これでよかったんですよ」

大丈夫なのかと心配顔で問えば「むしろせいせいした」と颯生はにやっと笑った。

久方ぶりの、彼らしい強気な表情。夜目にも鮮やかなその笑みに、言葉どおりの心情でいることを知らされて、謙也はもうなにも言うまいと思った。

「……じゃあ、颯生さんとこ行きますか？」

「あ、でもだったら、最初から家に来てもらうか、俺が行けばよかったな」

いまさらだけど、呼び出してすみませんと詫びられ、いいんですよと謙也は軽く手を振った。

「おれ、暇だったし。それに、ちょっとでも早く会いたかったんで、いいです」

「そ……あ、そう、ですか」

それはどうも、と口ごもって颯生はふっと目を伏せた。こういう直球の台詞に颯生は弱いようで、意外と照れやすいんだなあと謙也は思う。

「じゃ、俺んちの近くのビストロでも行きましょうか？　夜中までやってるし」

「ああ、いいですね」

じゃあそれで、と決めて駅のほうへ進路を定める。ちょうどラッシュタイムにぶつかるということで、駅に近づくに連れて道はずいぶん混み合ってきた。

「うあ、すげえひと混みだな……颯生さん、こっち。はぐれそうだから」

「え、ええ？　はい」

はぐれるからと理由をつけて、細い手首を握る。一瞬だけその手が強ばったけれど、言い訳のつく状況に颯生も強く抗《あらが》うことはしなかった。

「もう夜になると、けっこう寒いですね」

「ええ、……あっ」

そのまま足早に駅へ向かっている途中、小さく声をあげた颯生が焦ったように腕を振りほどく。どうしたのか、と思って振り返ると、なぜかその整った顔が強ばっていた。

「あの、颯生さ――」

「……いい気なもんだな、颯生。仕事だめにしたあげく、こんなところで早速いちゃついて」

謙也が問うより早く、背後から剣呑な声が聞こえる。目をやると背の高い、上質なスーツを纏った神経質そうな男が忌々しげに颯生を睨みつけていた。

(誰だ)

見るからにきつそうな顔立ちも好ましくはなかったが、颯生に向けられた強い害意に謙也はじわりと不快感を覚える。なにより、颯生自身が蒼白《そうはく》な顔を強ばらせているのも気になった。

「べつにいちゃついてるもなにもないだろ。昔の仕事相手だ。失礼なこと言うな」

長い脚で歩み寄ってきた、顔立ちのはっきりした男は謙也をまるで無視したまま、嘲《あざけ》るように颯生へと言葉を放り投げる。

「いまさらごまかすなよ。さっきまで仲よさそうに手までつないでたじゃないか？　まったく大胆なもんだ。……その厚顔さがなきゃ、あんな真似できないだろうがな」

「あんな真似……？」

なんのことだと怪訝な顔をする謙也をよそに、男は颯生へととげとげしい声を投げる。

「ほんとうにまあ、やってくれたよ。おかげで俺たちの下準備もまるっきり無駄になった」

「無駄、って……」

颯生もどこか気まずいものがあるようだ。問うように呟く声は細く、謙也ははらはらしながらふたりを見比べているしかなかったが、次に男が取った行動にはぎょっとした。

「数ヶ月の仕事が吹っ飛んで、あげくにはあのばか社長はサイト作成そのものも潰すなんて言い出すから、あれからいままで説得に骨を折ったよ……おまえと、あの爺さんのおかげでな！」

「……っ」

ぐっと押し黙った颯生の襟首《えりくび》を摑み、揺さぶりながらきつい顔で睨みつけてくる男に、謙也は慌てて割って入った。

「ちょ、ちょっと、あなたなんなんですか！　乱暴なことしないでください！」

周囲は一瞬その声に振り返るが、夜の街で喧嘩沙汰《けんかざた》もべつにめずらしくもない。なにより関わり合いになりたくないのだろう、颯生と謙也、そして男を取り残したまま、無関心な群衆はただ流れていくばかりだ。

「いきなり摑みかかることないでしょう、離してくださいよ！」

強引にその手を摑み、颯生から離させたとたん、ひそめた声でいきなり言われた。

「……おまえ、颯生のいまの男？」

「明智っ、なに言い出すんだ！」

その声に焦ったのは颯生のほうで、さあっと顔色をなくした彼は焦ったように声をあげる。

だが、謙也が「だったらなんだ」という顔をして睨み返すと、その臆《おく》さない態度に鼻白んだように、忌々しげな目を向けてきた。

「状況も知らないで一方的に庇《かば》ってるけどな、こいつがなにしてくれたか知ってるのかよ」

「なにって、なんなんです」

少なくとも出会い頭に乱暴な真似をしていい理由にならないだろうと強気に返せば、明智はふんと鼻で笑った。

「こいつは今朝方、爺さんともども進行中のプロジェクトを投げ出したんだ。おかげで社長は激怒、会社はしっちゃかめっちゃか、いい迷惑だ」

ひとを指さすという品のないことをするのにも不愉快だったが、そんな話をいきなり公衆の面前ですることかと呆れた。あげくには、まだ颯生の口から聞いてもいなかった事情を一方的に告げられて、謙也の不快感はさらに募った。

(感じ悪い……なんなんだ、こいつは)

さきほど颯生が口にした「いやなやつ」はこの目の前の男なのだろうと察しがつく。たしかにいやなやつに違いない。話してまだ数分の謙也でさえ、こんなにも不愉快だ。

「それと、いまの質問となにが関係あるんですか」

そんな相手の言うことを取り合いたくないと思いつつ、自分が引けばそのまま明智はまた颯生に噛みつくだろうことが察せられ、謙也は怒気とともに緊張を覚えた。

謙也はさしてひと目を気にするほうではないが、男三人がひと混みの真ん中でいまの男だなんだと話をしているのがどれだけ非常識かくらいはわかる。そうしたことに神経を使う颯生は身の置き場がないだろうと考えると、鳩尾《みぞおち》が冷たく軋《きし》んだ。
たとえば外でじゃれるように肩を組んだり、手をつなぐことさえ気にする颯生だ。そうい
う彼の神経を尖らせたくないから、こちらも精一杯慎重に、颯生ができるだけ気持ちをガー
ドしなくて済むように心がけていたのだ。
それを目の前の男に、土足で踏みにじられた気分だった。知り合いだというのなら、颯生
の性格くらい把握しておけと思うけれど——知っていて逆撫でしているならば、これはほん
とうに最悪だ。
「わかんないかな。忠告してあげてるんだ。颯生はそういう、いいかげんで適当なことばっ
かりするやつなんだよ。大人になりきれないっていうか、感情でしか動かないっていうか」
それこそ適当なことを言うなと、謙也は渋面を浮かべる。少なくとも颯生と接した時間の
中で、彼をいいかげんだなどと感じたことはない。仕事についてはそれこそ、『フレシュ』
で組んだ上で颯生の仕事ぶりは熟知してもいるのだ。
(でも……颯生さんも、なんで言い返さないんだ？)
この場でなにより気になるのは、不当な絡まれかたをすれば食ってかかるなりするはずの
颯生が、どうにも静かなことだ。もしかしたら揉めて目立つことがいやなのかと思ったが、
どうやらそういう様子でもない。
(見たことない、こんな……頼りない顔)

あきらかに明智の出現にうろたえ、伏し目にしたままの彼が見たこともないほど沈んでいるさまに、なにか仕事以外のこじれがこの男との間にあると直感で知る。

「……よく知りもしない相手の言うことに耳を貸すほど、おれはばかじゃないんで」

だからこそ、隣にいる颯生へ矛先を向けないよう、謙也はまっすぐ明智の目を睨み続けた。しかしその態度がなお気に入らないとでも言うように、明智は嘲りもあらわな声を発する。

「よく知らない。はあ、なるほど？　じゃあおまえ、颯生のことはよく知ってるわけだ」

いやらしい当てこすりにむかむかしながら、なおもなにか言ってやろうと口を開きかけた謙也の腕が、ぐっと引かれた。はっと振り返れば颯生が目を伏せたまま、かぶりを振っている。

「……羽室さん、いいよ。放っておいて行きましょう。こんなの無視していいから」

「だって、颯生さん……」

「いいから、……な、行こう？」

さらに強く引っぱられ、不承不承謙也が従おうとした、そのときだ。

「ああ、そうかそうか。カレシに都合の悪いこと聞かれたらまずいもんな？　逃げたほうが利口だな、颯生」

こんなのとはご挨拶だと笑った明智の声に、謙也は胃の奥が熱くなるのを感じた。どういう意味だと問うよりも早く、嫌味な声は笑みさえ含んで謙也の耳に入りこんでくる。

「まあ、いいんじゃないか？　年下っぽいし、そういうモノ知らずなほうが、おまえにはちょうどいいんだろう？」

「なん……っ」

「羽室さんっ」

どうやら文句を言い足りないらしい明智は、わざとらしくそんな言葉で煽《あお》ってくる。思わず振り向いた謙也の腕を颯生がなおも強く引いたけれど、もう無視もできなかった。

「あなたほんとうに失礼なひとですね……っ」

「失礼とはまた。さっきから言ってるだろう、忠告してるだけだって」

颯生の腕を離させて、謙也はさすがに声を荒らげた。しかし挑発に乗ったことがさもおもしろいと、明智は口元をゆるませる。

「なんの権利があってそんなこと言うんですか。関係ないでしょう？」

にやにやする端整な顔を睨みつけ、謙也は低く唸る。すると、それこそが誘い水であったと言わんばかりに、明智は不愉快なことを言ってのけた。

「権利と関係？　まあそりゃ……昔の男のよしみってやつじゃないのか？　ああ、といってもべつに特につきあってたとかカレシだったわけじゃないけどな。……大人のつきあいってやつだ」

「明智……っ！」

話の流れでとうに察してはいたが、颯生は言われたくなかったのだろう。悲鳴じみた声で言葉を塞《ふさ》ぐけれど、馴れ馴れしく謙也の肩に手をかけた明智はこたえた様子もない。

「で、もう寝たのか？」

「……答える必要がありますか」

不快な腕を振り払いたかったが、こんな男相手に自分から乱暴な真似をすればそれこそつけこまれる。むかむかする胸をこらえた謙也の不機嫌な返事に、明智は鼻を鳴らした。

「必要はないけど、まだなら言っておく。こいつ、サービス精神ってものが欠如してるからな。間違いなくつまんないと思うぜ。感度悪いしセックスへたくそだしな」

「――……っ」

嘲るような声に、腹の中が熱した鉄を詰めこまれたように燃えた。颯生はもう言葉もなくうなだれていて、その痛々しい肩をいますぐしっかり抱きしめてやりたいと謙也は思った。

（この野郎……）

殴りたいと思ったけれど、こんな場面で謙也が切れれば、おそらく颯生は気に病むのだろう。だからできるだけゆっくりした動作で明智の腕をほどく。

「……あなたもしかして、ＡＢ型ですか？」

「え、ああ。なんで知ってる？」

怒りすぎると妙に冷静な声が出るものだなと思いながら、念のため問いかける。返ってきた肯定に、謙也はため息をついた。

(やっぱりな。こいつか)

颯生がことあるごとになにか気にしているのは、間違いなく明智のせいだ。

この短い間のやりとりだけで、これだけあしざまな言葉を投げてくる相手では、つきあっている間もさぞかしいろいろ疲弊して、トラウマも深かったことだろう。

その過去を颯生はひどく後悔しているから、黙りこんでいるのだ。たぶんこの場に自分がいなければ、言い返すなり殴るなりできていたのだろうなと感じて、謙也はせつなくなった。

(気にしなくていいのに)

こんなやつとどうこうあった過去など、謙也はべつに気にしない。卑猥《ひわい》な当てこすりを向けられた程度で怯《ひる》んだり、颯生に対してなにか覚えるほど、浅い感情ではないのだ。

謙也は何度も深呼吸をして、気持ちを落ち着けるように努めた。そうして、切れるな切れるなと自分に言い聞かせたあと、怒りのためかすかに震える声を発する。

「あなたがどういう大人のつきあいを、颯生さんとしていたのか、おれは興味がありません」

「……へえ、余裕なんだな」

冷静に、冷静にと自分に言い聞かせながら謙也は明智をまっすぐに見る。怯みもせず、また動揺も滲ませないままの静かに強い視線に、一瞬だけ目の前の男がたじろいだのがわかった。

さきほど明智は、謙也を年下と決めつけていた。おそらく、見た目が年齢以上に若く、またさほど気が強くは見られない自分を侮ったことは知れる。

たしかに揉めるのは嫌いだ。喧嘩も好きじゃないし基本は穏和なほうだと自負もする。

だが、見た目どおりふにゃふにゃしているばかりと思うなら、それは大間違いだと口を開いた。

「あなたというひとも、おれは知りません。けれどもいまこうして、おれという人間がいる前で、このひと——颯生さんの品性を貶《おとし》めるような発言をしているだけで、あなたが失礼で下劣なひとだということは、とてもよく理解しました」

大事なひとを目の前で侮辱されて黙っているほど、謙也は日和《ひよ》った間抜けでも、やわでもない。ひといきに言ってのけると、明智はぎょっとしたように目を剝く。

「な……っ、お、おまえ、なんだって⁉」

「……謙ちゃん？」

息を呑んだ明智に続いて、颯生のあどけないような声が聞こえた。こんなときにぽろりと、あの呼びかたをしてくれるのが、なんだか場違いにも嬉しくて謙也は笑ってしまう。

（ふだんからそう呼んでくれればいいのに）

気抜けしたような颯生の声に力をもらって、さきほどより幾分やわらいだ声で、しかし言葉の鋭さは捨てないままに明智へと告げる。

「だいたい仕事のこととおれと颯生さんのことと、なにか関係ありますか。そんなことごっちゃにしないでください。それに颯生さんはいいかげんじゃないし、誰よりきちんと仕事するひとです」

そういう彼が仕事を途中で降りるには、だからそれ相応の理由があるはずだ。先日から聞いていた状況の難しさもさることながら、なによりさきほど明智が言った『爺さん』があの神津だとなれば、それだけで謙也には充分なことだった。

颯生を信じきった謙也の声に、明智は渋面を浮かべている。謙也はあえて冷静さを装い、恬淡《てんたん》とした低い声を投げつけた。

「なによりいま、ここで、どうしてそんなこと言わなきゃいけないのかわかりません。それこそ場を読んでスマートに引くのが、いわゆる大人の男ってやつじゃないんですか？　それとも道ばたでいきなり昔の恋人に絡んで、八つ当たりするのがあなたの大人らしさですか」

「この……なに……っ」

明智は一見学生ふうに見えるほどの相手にここまで言われると思っていなかったらしく、もはや唸るしかできなくなっている。おそらくは謙也に対する怒りのあまり言葉をなくし、反論しないのではなく、できないのだろう。

（なんだ。思ったよりこのひと、口が立たないなあ）

皮肉げで横柄な態度のわりに、意外と頭に血がのぼりやすいタイプだ。それともふだんえらそうにしているから、逆らわれると弱いのかなあと、場違いにも冷静に謙也は思った。

そして颯生は、声もなく目を丸くしている。ずけずけと言ってのけた謙也に対し、呆然とした目を向けるだけの彼に小さく笑ってみせたあと、ふうっと息をついて、謙也は「まったく」と首を振った。

「少なくとも過去につきあいのあったひとをあしざまに言うという行動だけで、あなたはおれにとって充分不愉快なひとだと思います。で、そういうひととはそもそも、話もしたくないので」

失礼します、としらっと告げた謙也は、そのまま固まっていた颯生の腕を取る。

「行きましょうか、颯生さん」

「あ、え……」

頷くこともできないまま、ぼんやりと謙也を見た颯生の手を引きながら、「ああ、そうだ」と謙也は振り返った。

「明智さん……ですっけ。もうひとつ訂正させてもらいますね」

「……なんだ」

そうして、投げつけた数々の言葉に、結局ひとことも返せないまま立ち竦んでいる明智に向かって、にっこりと満面の笑みを浮かべて言ってやる。

「颯生さんはセックスもへたじゃないし、サービスもいいし、ものすごく感じやすくてかわ

いいです。……あなたはそれ知らないみたいで、おれはとってても気分がいい」

「な……っ」

言外に、そうした颯生を引き出せなかったのはどちらの責任だと含ませた。それに対して明智はますます激昂《げっこう》して顔色をなくし、逆に颯生はいっそ見事なほどに顔を赤らめた。

「けっ、謙ちゃん、なに、なに言って……っ」

「それじゃ、失礼しまーす」

行きましょう、と目を白黒させている颯生の背中を押して、謙也はすたすたと歩き出した。ほどなく人波に呑まれ、明智の呆然とした顔も見えなくなり、わりとあっけなかったなと思う。

(なんだ、追っかけてきて文句でも言ってくるかと思ったけど)

あの手のえらそうなタイプは、侮っている相手に嚙みつかれると案外、対応しきれないものだ。そして読みは正しかったなあと謙也がひとり考えていると、押し流されるままに歩いていた颯生が駅の改札に辿《たど》りついてようやく、口を開いた。

「……びっくりした」

沈んだ声に、はたと思う。そもそも考えてみれば明確に明智との関係を把握しきっていたわけでもなく、なにか問題だっただろうかと、いまさら不安になった。

(っていうかやべえ、おれあいつにあんな怒っておいて、セックスのこととか言っちゃった

よ）

それこそひと目をはばからぬ、おのれの発言を思い出してしまえば青ざめ、もしかして颯生を困らせただろうかと謙也はかなりうろたえた。

「あ、すみません。考えてみればおれ、失礼でした？　まずいこと、言ったかな」

「いや、……ううん。そんなんじゃないけど」

おずおずと問えば、それに対しては慌てて颯生はかぶりを振った。じゃあなんですかと重ねて問うと、うつむいた颯生は戸惑ったような声を発する。

「け、……羽室さん、意外と言うんだなと思って」

イメージと違った、と呟いている颯生の肩は落ちていて、下を向いたまま謙也のほうを見ようともしない。そうしてまた『羽室さん』に戻ってしまっているから、困ったなあと謙也は思う。

「あー、でもおれけっこう、思ったことぺろっと言っちゃうんですよ」

「うん、まあそれはなんとなく……でも、あんなふうに言うとは、思わなくて」

ひとに対して攻撃的なことを言うようには思えなかったと、颯生はぼそぼそと口にした。

だがその言葉に、謙也は失笑を浮かべてしまう。

「あの、おれ、わりと口悪いんです。ていうか言っていいこととそうじゃないことの、区別がちゃんとついてなかったんですよ。これでもだいぶ直ったけど」

「そうなんですか？」

意外だと顔をあげて目を瞠る颯生に、どうやらずいぶん美化されているのかなあと察する。それこそイメージを壊して悪いけれど、謙也とてそんなに聖人君子ではないのだ。

「あのね颯生さん。おれ入社早々、仙台だったでしょ。地元でもないのに変だと思いませんか？」

「え……あ？　で、でもあれって単なる部署配置じゃ……」

問うと、はじめて気づいたというように颯生は長い睫毛《まつげ》をそよがせる。ようやく目があったことにほっとして、謙也は恥ずかしい過去を暴露した。

「や。新人で入った研修のときだったんですけどね。当時の部長が新人歓迎会で、ものすごいセクハラしてたんです。同期の女の子に」

「え……それ、まさか」

「ええ。みんな困った顔して流してたんだけど、スカートの中に手を突っこんだ段階で、おれさすがに見てられなくて、やめましょうって言ったんですよ。でも聞かなくて」

言っても聞かない相手に業を煮やし、強引に肩に手をかけると、長身の謙也に抗う部長の頭に肘《ひじ》が当たった。そのとたん、場を凍らせるような事態が起きたのだ。

「……部長の髪の毛が、すぽーん、と飛んでしまいまして。で、怒りまくった部長が左遷してやるって息巻いてたんですけど、おれはおれで頭来てたんでつい」

「つい……？」

「いやあ。『そのヅラ、見なくて済むならそれでけっこうです！』って言っちゃって……おれは、その『ツラ』って言うつもりだったんですけどねえ、口が滑って。おかげで五年、仙台でした」

たははははは、と笑った謙也の顔をまじまじと見たまま、颯生は絶句していた。

「もしかして、羽室さんわりと短気？」

「ってか、考えなしなのかなあ。基本のんびりしてるんですけど、やだなーと思うことはどうしても我慢できないんですよね」

それからとても好きなことに関しても。つけ加えて笑うと、颯生はなぜか目を逸らした。

（だからね。颯生さんのこと悪く言われたら我慢できなかった）

ほのかに赤い耳朶をじっと眺めながら、謙也は言葉にしないまま内心で呟く。そこまでを言ってしまえば、颯生は自分のせいかと気に病むだろうと思ったから、代わりに青かった自分のことを少しだけ語った。

「……で、かっとなると考えるよかさきに口が開いて、だから、いっぱい失敗して学んで、少しは大人になったつもりだったんですけど」

「羽室さんは、ちゃんと大人ですよ？」

「や、ぜんぜん、まだまだです」

ばかな言動で軋轢《あつれき》を生まないよう慎重に振る舞うようになって、ひとからは穏和と言われるようにはなった。しかし、そう根底のところは変わっていないのだと謙也は苦笑した。

「最初に颯生さんと……ああなったときも、おれ、言ってることめちゃくちゃだったでしょう？」

「あー……ま、まあ……」

否定はできないと頷いた彼を見つめながら、颯生の手首をもう一度掴んだ。駅の構内で、ひと目もあって、それでもべつに二度と来る場所でもないからいいやと謙也は居直った。

「とにかく、ゆっくり話できるとこ行きましょう。ここ……おれは、好きじゃない」

「……そうですね」

颯生は握られた手首を少し困ったように見て、そのあとで謙也の顔をじっと見つめた。それから、おずおずとほんのわずかに指のさきを握り、振りほどかないままついてきてくれる。

そうしてみると、やはり都会のひとびとは他人に無関心で、一瞬だけ女子高生らしい集団がつないだ手に目を落としたけれども、メールが届けばすぐにその視線は消えていった。

「けっこう、気にするほどのもんでもないですよ。なんでも」

電車に乗りこむ瞬間囁いた謙也の言葉に、颯生は黙って頷いた。

＊　＊　＊

ラッシュに揉みくちゃにされる間中、謙也にぴったりと寄り添うようにしていた。カーブにかかり、振動が激しくなったり加重が来るたびに長い腕がしっかりと颯生を支えてくれていて、広い胸に額をつけたままひとことも口をきくことができなかった。

「食事、どうしましょうか？　さっき言ってたビストロ、行きます？」

最寄り駅についてしまうと、さすがに地元ということもあって謙也はもう手をつないで来なかった。気にしているのはおそらく自分のほうだと、彼は察してくれているのだろう。

ピーコートなんかが似合ってしまう若々しい顔立ちなのに、しみじみ謙也は大人なのだなと思う。

「あの……羽室さん。……うちで、いいですか？」

食欲もあまりなかったし、なにより説明する事柄に明智のことまで含まれるとなれば、とても外で話す気にはなれない。ためらいがちに切り出すと、謙也はあっさり頷いた。

「じゃ、夜食用になんか買って帰りましょうか？　おれ作るし」

「あの、出来合いでいいですよ。コンビニのとか」

「でもせっかくなら、おいしいほうがいいじゃないですか」

悪いからと固辞した颯生に首を傾げ、「それじゃあ総菜買っててってちょっと手を入れます」と妥協案を謙也は出してきた。そのまま駅に併設したデリでピラフと煮込みハンバーグとサラダを買い、颯生の家に辿りついた謙也はそれらを使ってハンバーグオムライスをこしらえると言った。

「颯生さん着替えちゃってくださいよ。すぐできるから」

「でも……また、そんな」

「いいって、十分もあればできますから。それよりスーツ、皺になりますよ」

ほらほらと促され、強く抗う気力もないまま部屋着に着替えた颯生が手洗いに立っている間に、宣言どおりものの十分で謙也は食事を作りあげた。

ピラフを軽くあたためなおし、ぷるりと焼いたオムレツを上から乗せて切り開くと、とろとろに半熟の卵が流れる。その上から、これもあたためた煮込みハンバーグをデミグラスソースごと乗せると、けっこうな一品ができあがる。

「……なんかいっつも、すみません……」

「気にしなくていいですよ？　おれ、料理ほとんど趣味だから」

自分がやったらこんな、ぷるぷるのオムレツなど焼けない。最低限の食事を作ったりはさすがにできるが、デザインを描く以外にはたいして颯生は器用ではないのだ。

「ほんとうまいですよね、こういうの」

「仙台でひとり暮らしだったでしょ。あっちはまあ、そのまま食えるうまいものいっぱいあるけど、おれの給料じゃそれほどいいもの食べられないし。いろいろ工夫してたから。常連になってた飲み屋のやつと仲良くなったとき、料理教えてもらったんですよね」

「ああ、それで……」

玄人はだしなのはそれでかと颯生が感心すると、いいから食べてと勧められた。

（あれ、いつもよりうまい）

オムライスをひとくち含むと、味に違和感がある。何度も利用しているから知っているが、あのデリのピラフとは少し味が違っていて、こっちもなにかひと手間かけたようだと気づいた。

こういうさりげなさが、謙也という人間を物語ると思う。なんだか鼻がつんとしそうで、颯生は目の前のオムライスに集中した。

「……ねえ、颯生さん」

「はい？」

しばらくは黙々と食事をしていたけれど、半分ほどを食べきったあたりで謙也が呟いた。

「あの、明智ってひと。つきあってたのいつごろですか」

口火を切ってくれて、いっそほっとすると思いながら、颯生は問われるまま、ぽつぽつと過去の経緯を口にした。

「いつかな。けっこう前……まだ、二十歳そこそことか、そんな感じ」

その手の人種が集う店で、ナンパされて出会ったこと。当時の颯生には明智の堂々とした態度がかっこよく見えたこと。けれど考えかたが合わずに、かなりひどい別れかたをしたことまでを口にすると、相づちを打っていた謙也がつと眉を寄せた。

「ひどいって、……言いたくなければいいけど、どういう？」

気遣いつつの質問に、もういまさら隠すこともないと颯生は笑った。なんだか今日の昼、神津と一緒にあの会社を辞めると決めたとき以上に、すっきりした気分だった。

「うん。まあ、あいつ、その、ゲイっていうより、どっちもOKのタイプでさ。男は遊びって、決めてたみたい」

「なんで男は遊びなんですか？」

その考えかた自体がよくわからない、と謙也は眉を寄せて首を傾げる。謙也のこういう健やかさにはほっとするなと息をついて、オムレツを食べ終えた颯生はスプーンを置いた。

「前に言ったAB型ってのも、あいつ？　颯生さんのことえらそうって言ったのも？」

「うん、そう。気ぃ強くてかわいくないとか、よく言われた」

できるだけさらっと言ったつもりだったが、声が喉《のど》に絡んだ。案の定謙也はむっとしたように顔をしかめてしまうので、茶化すように颯生は笑ってみせる。

「おかしいだろ、その程度のこと気にするなんて」

「その程度？　って、なに言われたんですか。まだあるんですか」

ごまかしたつもりだったのに、こういうときは案外鋭い謙也は突っこんでくる。

じっと見つめられ、痛ましいとでも言いたげなその視線になぜかうろたえて、颯生は言わなくてもいいことを口走った。

「だ、だからさ、男同士でマジになるなんてばかだとか、ふられて泣くの鬱陶《うっとう》しいとか、嫌味だとか。……なんか、ださいって、そういうの」

最後の別れのとき、呆《あき》れかえったように告げた明智の台詞を口にすると、自分でも思った以上に気にしていたことを知る。

——もう少し大人らしくスマートにできないもんか？　空気が悪くなる。

明智の言うこともある意味、当たっていると感じるだけに居心地が悪い。それこそ、根に持ってしつこいやつだと謙也が思いはしないかとひやりとすれば、憮然《ぶぜん》としたままこちらもオムレツを食べ終えた謙也が呟いた。

「それぜんぜん、『その程度』じゃないと思う。傷ついてしかるべきでしょ」

「え……」

「まあね、そりゃね。別れ話なんてことになれば、修羅場だから、いろいろ言っちゃうかもしれないです。けど、男同士でマジになるのがなんでばかですか」

おれにはよくわからないと言って、謙也はまるで拗《す》ねたようにスプーンをくるくる回した。その仕種の子どもっぽさと、真剣な表情の男くささに、颯生の胸は妙に甘く騒ぐ。

本音は謙也の言うことに、頷きたかった。だがいままでの経緯や、明智とのあれこれのあとではどうにも素直になりきれず、颯生はぼそりと言い訳じみたことを告げる。

「でも、俺、そういうキャラじゃないし。似合わなかったんじゃ、ないかなと思う」

「キャラ？　颯生さんの、ってこと？」

「……うん、そう。なんかほら、強気ってか、えらそうじゃないですか。そういうやつがぐずぐずしたこと言うと、らしくねえとか、おかしいとかさ」

周りに期待されたとおりの行動を取らなかったり、イメージと違う顔を見せれば、ひどく落胆されることが颯生にはあまりに多かった。

素のまま振る舞って『違う』と決めつけられると本気でつらい。おのれを拒否されるのは怖いから、そうしているしかないのだと颯生が唇を噛むと、謙也はやれやれと首を振った。

「あのさ、キャラってなに？　それこそマンガじゃあるまいし。二十四時間ずっと気を張ったまま、誰になに言われたって平気で強気で居続けられるなんて、そんなのあるわけないでしょ」

「え……」

さらっとした声に、驚いた。長い指でもてあそんでいたスプーンを置いて、謙也はじっと颯生を見つめてくる。そのまなざしは真摯《しんし》であたたかく、ざわざわしていた胸がいっそう痛くなる。

しばらく無言で見つめあったあと、謙也は覚えの悪い生徒に言い聞かせるようなゆったりした口調でこう言った。

「あのですね。絶対へこたれないとかそういうタフさって、たしかにいいと思いますよ。でも息抜いたっていいじゃないですか」

そういうのはあたりまえのことじゃないかと、あまりにあっさり言われて颯生は息を呑む。

「おれ、弱いとこ知ってて、でも見せないように頑張ってたりする、そういうひとのほうが好きです。ちゃんと人間らしいって思う」

「あ……」

憮然とした謙也の言葉と、神津の穏やかな声が重なり、颯生は目を瞠った。

――らしい、らしくないなどと誰が決めるのかな。わたしはわたしなりの生きかたしかできはしないよ。

それが誰かに誹《そし》られることであれ、心のまま生きると決めたことは譲れない。そう清々しい顔で語った彼と同じくらいに、謙也はまっすぐな目をしている。

「少なくとも誰彼かまわず言いたい放題で、他人見下したり、相手をこうだって決めつけてるやつよりずっといいです」

「……うん、そう、ですね」

誰のことを言っているのかはすぐにわかった。謙也にはめずらしい、当てこするような台詞に颯生はただ目を伏せてうなだれる。

(知られたく、なかったなあ)

そもそも、昔関係のあった相手と現在の恋人が鉢合わせるだけでも、ひとは気まずく思いがちだ。あげくにあんな見苦しい場面を見られてしまい、颯生はけっこうつらいものがある。まして、自分でも最悪だったと思う明智などとつきあっていた事実だけで、ずいぶんなばかだと謙也に呆れられるのではないか。

(あのころの俺、ほんとに、見る目なかったよなあ……)

若さゆえとはいえ、ひどい失敗だと思って沈黙する颯生の髪が、つん、とひと房摘《つま》まれた。

「ね。……たとえば颯生さんは、おれがガンダム好きなのどう思いますか」

「え？　どう……」

髪を引く謙也に顔をあげろと言われたのがわかって、おずおずと目をあげれば、唐突に問われる。意味がわからないまま首を傾げ、思ったままを颯生は口にした。

「どうって……べつに。なんか子どもっぽくてかわいいなって」

そもそも颯生は、謙也のときおり稚気を覗かせるところを、最初に好きになったのだ。さきほどのスプーンを回している仕種もそうだったけれど、謙也は穏やかに落ち着いているわりに、はしばしに少年らしいところがある。そのギャップがなんだかかわいくて、好ましかった。

だからそのままを口にすると、ありがとうございます、となんだか照れた謙也は、ふっと情けないような顔で眉を寄せた。

「でもそれ颯生さんが男の子の部分ちゃんとわかってて、だからですよね。……おれ、前の彼女にオタクで気持ち悪いって言われたことあります」

「え……？」

意外な告白に、颯生はまた目を瞠った。今日はずいぶんいろいろと、謙也の知らない部分を見せつけられると思いながらも、その過去の彼女とやらの言動にも驚かされる。

「え、でも……べつに羽室さん、オタクじゃないじゃないですか」

「ええ、でもなんか短絡的に、ガンダム＝アニメオタク＝変態、ってすごい図式があったみたいで、すげえキモいとか、信じられないとか、さんざんでした」

そういうんじゃないと思ってたのに騙《だま》されたとまでなじられたと聞かされ、颯生は仰天してしまう。

「あの、な、なんでそこまで嫌がるのかな」

「さあ？　ただもうとにかくオタク気持ち悪いの一点張りで。っていうかそれまでのおれの言動とか人格とか、積みあげた会話とか関係とか、どこにいったんだよ、と思いました」

苦く笑う謙也の言葉に、はっとする。自身が明智のことを知られて気にした分だけ、謙也も手の内を明かしていると気づかされたからだ。

「ま、結局ブランド大好きな彼女だったんで……たぶん会社名とかそういうとこコミコミでのおれ、だったんじゃないかなと、いまは思います。ほら一応、うちの会社でっかいしね」

「え、ああ……なるほど」

だがあくまで謙也はさらさらとした態度のままで、その言葉をどこまでどう受けとっていいのか、と戸惑う颯生をよそに、なおも言葉を続ける。

「まあ、かと思えばおれ以上にものすごいガンダムオタクな女友達もいて。あ、そいつがこの間の廃材で作ったＭＳ《モビルスーツ》ほしいって言ったやつなんですけど」

どうやら謙也は女性全般がそういう短絡思考なわけじゃないと言いたかったらしい。しかしそのひとことに颯生が引っかかってしまったのは、いたしかたないだろう。

「女の子……部屋にあげたのか？」

自分でも情けないが、嫉妬《しっと》丸出しで小さく問いかけると、謙也は慌てて手を振った。

「まさか！　仙台で常連だった飲み屋のバイトのやつ。写メで自慢してやったらこんな返事が」

見せられた携帯の画面には、とても女子とは思えないものすごい顔でブーイングをする友人とやらが、制服なのだろう法被《はっぴ》姿で中指を立てて映っていた。

「こいつがさっき言った、オムレツ教えてくれたやつ。ああ、あの、ほかにも仲間内いっぱいいたんですよ、ほんとに」

誤解しないでくださいと焦った声で告げる謙也に、颯生は答えられなかった。それは言い訳を信じないということではなく、携帯画面の写真の下、ついでに添えられたメッセージのせいだ。

『よこせよーケチーケチケチケチ！　ちくしょー、美人の彼氏によろしく言って！』

ついでにこっちに紹介しろ、そしてあたしにもシャア専用ゲルググ作ってって言ってくれ。

末尾の文章までじっくりと読み込んだ颯生は、まさかと思いながらもおそるおそる問いかけた。

「ゲルググってまた渋いけどあの……羽室さん。か、彼氏ってこれ、誤字じゃなくて？」

嘘だろう、と目を瞬かせて画面を見つめたままの颯生に、これもけろりと謙也は言い放った。

「うん、こいつならいいやと思って言いました。ガンダムもらったいいだろう、あと、これくれたきれいでハンサムなひとが彼氏になってくれたって」

「そ……へ、偏見もたれたらどうすんですか!? 友達なんでしょ!? しかも女の子！」

そんなあっさりしていていいのかと颯生は頭を抱えてしまった。

きれいだのハンサムだのの形容も恥ずかしいが、二十数年ヘテロでとおしてきたわりに、相変わらず許容範囲のおそろしく広い謙也の態度が、既に理解の範疇《はんちゅう》外だ。

「男も女も、そんなやつおれの友達にいませんもん。実際フツーに『独り身にのろけるなボケ！』って返されましたしね。ラブラブならガンダムくらいよこせって。やだって言ったけど」

「ら……ラブラブって……」

そしてこのケチケチという罵《のの》りメールだった、とけろっと言われ、颯生は頭痛を覚えた。

「あ、すみません。おれひとりラブラブな気分ですか？」

「や、そ、そういう話でもなく……」

話が逸れたかな、と謙也は軽く頭をかいた。その気負いのない態度に、いったいどうやったらこんな性格に育つのだろうなと、彼のおおらかさがいっそ不思議になる。

戸惑いを顔に乗せたままの颯生の視線の前で、謙也は静かな笑みを浮かべていた。

「なんかそういう、常識とか判断基準ってすげえいろいろじゃないですか。だから、他人がいくら『そんなのふつうだ』『そんなの変だ』って言ったって、受けとった本人はそう思えないこと、多いじゃないですか」

「……あ」

ようやく、謙也がなにを言おうとしているのか察して、颯生はぐっと喉をつまらせる。

「少なくとも颯生さんは、明智とひどい別れかたして傷ついたし、そのあと顔合わせたらいやな気分になるのあたりまえで。仕事でいっぱいいっぱいなときに、そんな昔の相手の顔見たら、おれだって……たとえばさっきの元カノとか、会えばやっぱり動揺すると思うし」

断言されて、ほんとうにほっとした。傷ついてもいい、疲れたり悲しんでもかまわない。

それはずっと誰かに肯定してほしいと願っていたこと、そのものだった。

「感情が顔に出ても、嫌味だとかそんな言いかたされる筋合いは、どっこにもないです」

「……ないの、かな？」

細い声で問うと、謙也は静かな目で笑いながら頷いてくれる。

「むしろ、自分が意図して傷つけた相手に、ショックを受けるなって強要する人間のほうがおれは、わかんないです。大人だったら平然としろって？　それこそ大人気取るんだったら、もう少し寛容になれと、おれは言いたいですよ」

痛いことを無理に平気なふりでごまかさなくていい。そんなふうに謙也はさらりと言って、不安定に瞳を揺らす颯生の頬を撫でたあと、ちょっとだけ怒った顔をした。

「でも、颯生さんもそういうこと、おれに黙ってたのはちょっとむっとします」

「あ、ご、ごめん……でも」

「でも、なんですか？」

鹿爪らしく言うのは、わざとなのだろう。思わず笑ってしまいながらも、颯生は目元が熱くなるのを感じた。鼻先がまたつんと痛んで、慌てたようにうつむく。

「だって……なんか、そういうのうざいとか、思わないですか。俺、羽室さんより年上だし」

ぼそぼそと言った颯生の頬に指をかけて、また謙也は顔をあげろと促してくる。もう目が潤んでいて恥ずかしいけれど、大きな手の力には抗わなかった。

「思わないです。年上がなんですか。うちのおふくろなんかおれの歳の数だけ年上ですが、いまだに文句があれば一日中言いますし八つ当たりします」

まっすぐに目を見たまま「だから言ってください」と、なんだか詰め寄るようにされてしまう。気恥ずかしさに、颯生は思わず顎を引いた。

「で、でも、言ったことで気分悪くされたり、がっかりとか……合わないこいつ、って思うこととか、あったら」

「そりゃあると思うけど、そこんとこは慣れと話し合いじゃないんですか？」

ぐずぐずしたことを言っても、謙也は少しも呆れない。どころか、どこまでもけろりとしたまま、颯生の思ってもみないことばかりを言う。

「話し合い……ですか」

「うん。颯生さんだっておれに対して不満はそりゃ、あると思います。逆もまたしかりだと思うし。そういうの、ちゃんとその場で、どうしても我慢できなきゃ改善しようって言えばいいし、そうじゃなかったら譲ればいいでしょ？」

さらっと、簡単なようで難しいことを謙也は口にする。だが、ナーバスになっている颯生はその内容よりも、言葉尻にひっかかってしまった。

「逆って、えっと羽室さん。俺のこと、やっぱりいろいろ不満だった？」

「やっぱりって……まったく、そう取るかなあ。ほんとに滅入ってますね」

苦笑して、意味が違うと笑いながらも、謙也はそれじゃあ言いましょうと口を開いた。頷いた颯生が身がまえていると、彼は飄々とした声で思ってもみなかった『文句』を口にした。

「えっとじゃあ。まず、羽室さんはやめてください。謙ちゃんって呼ぶって言ったでしょう」

「う」

「あとなんで黙って我慢して愚痴も言ってくんねーのかなとか、おれ頼りない？　とか考えさせられちゃうとこは、不満です」

どうやらこれは本音のようだ。目は笑っているけれど真剣で、どうしたものかと考えた末に結局、颯生は本音を呟いた。

「でも、愚痴とかそういうの、なんか、格好悪いかなって」

「え？」

謙也の前では、いつも年上らしくしゃんとしたところだけ見せたかった。だから今夜、こんなにも恥ずかしくて落ちこんでしまったけれど、もうそれこそいまさらなのだろう。

「なんか、いつも前向きでかっこいいって、そういうとこ好きだって、言ったから……」

そういうのはいやなんでしょう。颯生がもごもご口ごもれば、謙也はひどくおかしげに笑った。なぜこんなときに笑うのかと思ってちらりと上目にうかがうと、またも彼は赤面するようなことを告げる。

「そういうとこかわいいですよねえ、颯生さん」

「か、かわいくないですよ……ぜんぜん、ほんとに」

分不相応とさえ思える形容に、颯生は鳩尾がひやりとくすぐったくなった。そのあとで顔が急激に熱くなり、うろうろと視線がさまよってしまう。

「だって、おれがかっこいいって言ったから、かっこよくしててくれたんでしょう？」

その態度をかわいいと言わずになんというのかと、謙也はひどくやさしく笑った。

「補足するけど、かっこいい颯生さんも、かわいい颯生さんも、おれは両方大好きです……あー、これ不満じゃないや、えっと」

そっと距離をつめて、長い腕で颯生をぎゅっとしながら、背中を何度も撫でられた。

「不満、不満……あ。あと丁寧語も、もういいんじゃないのかなあってのと。それと、いつになったら、甘えてくれるのかなあってのと。お泊まりもうちょっと頻度あげたいかなってのと」

「も、もういい……」

それはちっとも不満じゃない。というよりそういう要求をされたら嬉しくて舞いあがってしまいそうで、恥ずかしさに勘弁してくれと告げても謙也の口は止まらなかった。

「忙しいんだろうけど、もう少しおれと一緒の時間には、おれに集中してほしいかなと……ああでも、仕事してる顔の颯生さんも好きなんでそれはそれでいいんですが」

「謙ちゃんっ、もういいから！」

そんなもんかなあ、と指を折る謙也にいたたまれず、颯生は茹《ゆ》であがって叫んだ。

「だっておつきあいまだはじめたばっかりなんだから、浮かれてていいじゃないですか。おれとかずーっと色惚けてますよ。ぐだぐだで、ゆるみっぱなしです。それ、だめですか」

「うー……」

だめじゃありません、と言いそうになる。ぐだぐだなのはこちらのほうで、けれど。

「颯生さんは違いますか？　もっとクールに、大人の恋愛のほうが、いいですか？」

いたずらっぽく問われて、ぶんぶんとかぶりを振った。よかった、とほっと息をついた彼に、なんだか鼻がつんとするなと思いながら颯生は言った。

「ごめん……甘えて、いいですか」

「ぜんぜんおっけーです。言ったじゃないですか、嬉しいって」

背が高く手足が長いせいか、謙也は見た目にはさほどがっしりとして見えない。けれどこうして包むようにされてしまうと、逃げられないほどに広い胸がある。あたたかく甘い体温で颯生を溶かして、意地も見栄も全部捨てればいいと、声もなく追いつめる。

こんなものを知ってしまっては、もう戻れない。意地も張れない。ぐずぐずと足のさきからとろけて、すべてを謙也に明け渡したくなる。

（やばい、泣きそう）

頬が火照《ほて》って、じんわりと滲《し》みていく目元を彼のシャツにこすりつけた。涙腺《るいせん》のゆるさに、やはりずいぶん疲れていたのだなと感じる。

「颯生さんはいつも頑張ってるから、おれの前でくらい、ゆるくなってくれればいいなと、いつも思います」

「……っ」

その言葉に、本格的に涙が出た。

ここしばらくずっと、うまくいかない仕事や、明智の嫌味や彼との過去のいやな思い出や、そういうものにもうずいぶん、自覚のないまま疲弊していた。というより、そんなものを自覚したらやっていられなくて、弱い自分を認めたくないと——ひとり気を張り続けていたのだろう。

「大丈夫。いつだって颯生さんは、かっこいいです」

世界中が敵だらけのような気分になった夜に、ふっと聞こえる言葉。謙也の紡ぐそれは、彼の抱擁と同じくいつでも颯生に甘すぎる。

(だめだ、もう。こんなにされちゃ、勝てるわけない)

というよりそもそも謙也なしでは、この数ヶ月は乗り切れなかったと思うのだ。

謙也がかっこいいと言ってくれた自分を保とうとして、精一杯突っ張る颯生をずっと支えてくれていたのは紛れもない彼なのだ。

そばにいる、いないという意味ではなく、なにをしてもらったということでもなく。ただ

謙也が自分を想ってくれている、その事実を噛みしめるだけで幸せで、力をもらえた。

みっともないところを見せたくないと、意地を張っていたのがばからしい。

もうとっくに、こんなに頼っている。形ではない大事ななにかを溢れるほどにもらって、それこそ気持ちの根っこはとうに、彼に甘えて寄り添っているのだ。

いまさら格好をつけてもしかたがないなと思って、颯生はくすりと笑った。

「……謙ちゃん、お願いあるんだ」

「なんですか？　颯生さん」

どうかしたのかと覗きこんでくる謙也に小さく洟《はな》を啜り、どうにか涙だけは見せないまま颯生は口を開いた。

「それ、やめて」

「え？　それ？」

どういう意味、と首を傾げた謙也に、颯生は少し赤い目をしてねだってみる。

「さんづけ。いらない。呼び捨てにして。颯生って、呼んで。俺も、丁寧語やめるから」

するといままでずいぶん甘ったるい言葉を連発してくれたはずの彼は、なぜか急に赤くなった。

「え、は……あ、で、でも颯生さん、年上だし」

「そんなん関係ねえからっ」

煮えた頭で、この上なく恥ずかしい要求をした。もうほんとうに正気じゃないと思うけれど、ぐだぐだでいいと言ったのが謙也なのだから、それくらい呑んでくれと声をうわずらせた颯生に、しばらく沈黙したあとでくすくすと謙也は笑いだす。

「なんだよ」

「なんでも。ええと、じゃあ……颯生？」

「ん……っ」

うかがうようにして名前を呼ばれ、颯生は一瞬死にそうなほどの衝撃を覚える。名前を呼ばれた、それだけで感じそうになっていると、距離をつめた謙也に肩を少し強く抱かれた。

「うん、なんかわかった。ちょっと強引にすると嬉しい？」

「……うん」

こくりと頷くと、うわ、かわいい、と感激したような謙也の声が聞こえた。

（かわいくねえし、なんか、めちゃくちゃ恥ずかしいけど）

本音だとわかる謙也の言葉に、ずきんと、電気のようなものが脳天からまっすぐに身体の中心を走り降りる。

その痛みは激しく、一瞬息がつまりそうになるのに、通り抜けたあとにはただ甘い。

意志もなにも関係なく押さえつけられるのは嫌いだ。けれど、謙也にさっきみたいに強引に守られるのは、苦手どころか心地いい。

「颯生」

繰り返し告げられて、肩を抱いた手を強くされる。触れているのはそこだけなのに、身体の中心を鷲摑《わしづか》みにされたのだと思った。心臓を素手でやんわり握られて、やさしく撫でまわされているような、甘くせつない、そのくせ淫靡《いんび》な情動を見透かしたように、長い指は心臓の上に触れる。

「……っ、あ」

びりりとまた電気が走った。触れられもしないのに乳首が凝《しこ》って、ぎゅうっと周囲の皮膚が突っ張るように痛くなる。

「どうしたの……あ、ここ？」

「あん……！」

眉をひそめれば、気づいた謙也がそっと笑って、いたずらするように小さな突起を撫でた。たったこれだけでどうして、と思うくらいに感じた。くるりと、服の上から、ごくかすかな隆起を撫でられているだけで、ひといきに颯生のそれは強ばった。

「あ、けん、謙ちゃん、あっ」

「ん？」

まだ愛撫《あいぶ》ともつかないやさしい手に、こんなに感じて恥ずかしい。くりくりと転がすようにされれば下肢の熱はどんどんひどくなって、凄まじい射精感と――内側に引き込むような欲がこみあげる。

謙也が思いきり抱きしめてくれて、また泣きそうだと思いながら颯生も広い背中に腕を回す。ただ抱擁されただけで、ぐにゃっと身体が溶けそうになっているのを知って、かなり恥ずかしい。

「どう、どうしよう」

「なに？　颯生さん」

困惑のままに縋《すが》りつくと、訝《いぶか》るような声を発した謙也の呼びかけがもとに戻ってしまった。少しだけ残念に感じながらも、指摘している余裕もないまま耳に齧り付いて颯生は訴える。

「い、入れたくなった……」

「えっ？」

欲しい、と腰をこすりつけると謙也が一瞬顎を下げる。あまりに露骨で引いたのだろうかと不安になると、まじめな顔をした恋人は少しとんちんかんなことを言った。

「え、それって。おれに入れたい、ってことですか？」

「ばか……違う、ここ」

焦《じ》れったいのとおかしいので複雑な笑みを浮かべた颯生は、それでも怒りきれずに広い背中にしがみつく。そして、彼の手を取って自分の腰に回させると、竦んではゆるむ尻に触れさせる。

「すごい、いま、……じんって、きちゃって」

「わ……」

淫《みだ》らに震える肉の感触は、布越しにもはっきり伝わったのだろう。ごくりと息を呑んだ謙也の首筋に両腕を回し、颯生は自分でも欲情にとろけているとわかる声で訴えた。

「なあ。舐めて、勃たせてあげるから……入れてくれる？」

サービスが悪いなどと言った明智に、真っ向反論してくれた謙也が嬉しかった。だから今夜はそれこそ、どんなことでもしてあげたいと思っての颯生の声に、謙也はうっと息をつめた。

「ちょっ、いや、そ、そんなことしなくても」

「そういうのやだ？」

したくない？　と首を傾げ、潤んだ瞳で覗きこむ。うわずった声を発する謙也の赤い顔は、うろたえていてどこかかわいい。

（かわいいって、謙ちゃんのほうがよっぽどかわいいのに）

早くなんとかしたい。どうにかしたいし、どうにかされたくてたまらない。

「や、やだじゃない、ですけど」

「んん？」

喉が急激に渇き、颯生がちろりと舌舐めずりをすると、謙也ののど仏がごくりと上下した。

そこを舐めたい、歯を立てていっそ痕《あと》を残すくらいにしたいと思っていたけれど、押せ押せな気分でいられたのはそこまでだった。

「おれがしたいようにして、いいなら……したい」

「え、……んあっ」

ぎゅっと小さな尻を両手で摑まれ、じんわり伝わる痺《しび》れに仰《の》け反《ぞ》った首筋を嚙まれた。軽い痛みのあとにぬるりとした感触で撫でられ、竦みあがった身体がベッドに押し倒される。

自分がしようと思ったことをそのまま返されて、少し悔しくて死ぬほど嬉しい。

「あん、まっ……んー……‼」

目があって、嚙みつくようにお互いの唇を貪《むさぼ》る間に、颯生の服が毟《むし》られていく。

「ん、んふ……う、んぐっ」

指先まで官能への期待でびりびり痺れている状態で、たぶん謙也もそう変わりはないのだろう。袖《そで》を抜くのももどかしく、半端に衣服を絡みつけたままお互いの身体を触り合った。

(うわ、すごい勢い……)

たいしたこともしていないのに、もう息が荒い。ケダモノっぽい感じに舌を出して舐め合うと、濡《ぬ》れた音が激しく響いて羞恥心を煽る。謙也の舌が絡みついたあと、溢れた唾液《だえき》を追って顎を舐める仕種がやけに、なまなましい情欲を煽った。

「はふ、あ……あっ、あん……っ」

ねちっこい感じのキスを繰り返しながら押しつぶされていた乳首は、もう赤く尖って痛かった。くるくると両方いじられながら、膝頭《ひざがしら》にキスを落とされる。荒っぽいような丁寧なような愛撫に、うっとりしながら身悶《みもだ》えていた颯生は、いきなり脚を開かされてはっとする。

「なに、……あ！　謙ちゃん、そん、そんな」

「うん、させて」

「す、するってなに……え、ええ⁉」

身体を半分に折るような、ものすごい格好をさせられて、かあっと颯生の顔が熱くなる。下肢の衣服を半分引きずり下ろした状態で、その隙間から謙也の顔が覗く。

端整で甘い顔立ちは切羽詰まったような色を浮かべていて、ずいぶんと視線も険しかった。

「わ、すげ、濡れてる……」

思わず、といったように呟いた謙也の露骨な目つきに、颯生は煮えた頭を振る。おまけに指先でつるりと先端を撫でた手がそのまま腿《もも》にかけられ、さらに開けと脚を持ちあげられた。

「なっ、なに言って、だっ……だめ、だめだってっ！」

口でする気かと気づいて、颯生は焦った。いままで自分がしてあげたことは何度かあったけれど、謙也からのそれはなんとなくやんわり躱《かわ》してきたのだ。

「うそ、ちょ……ま、待って、それは待てってっ。それ、無理だし！」

「なにが無理なんですか？　しちゃだめ？」

熱っぽい目で見つめられ、ぐっと颯生は押し黙る。どう見ても颯生の性器を長い指でいじる謙也の顔には嫌悪感を見つけられず、どころかぬめったそれの反応に、却って興奮さえしているようだった。

だが羞恥心がなくなるわけもなく、勘弁してくれと颯生は声を震わせる。

「だめ……」

「だめ？　なんで？」

かぶりを振れば、ねだるような目を向けられた。

（く、首傾げるな……っ）

謙也の妙にかわいい仕種と色気のある目つきと、なんだかよくわからない勢いに飲まれているうちにその唇がどんどんはしたない場所に近づいて、慌てながら抗ってももう遅い。

「だ、だめ、だめだめっ……あう！　あ、あん！　あん！」

「だってもう、これ……すごいじゃないですか」

触ってないのに、と興奮したような声で言われたのと、すぐあとにぬるっとあたたかい場所に包まれたのはほぼ同時だった。まさかと思う次の瞬間に強く吸われて、颯生は甘い悲鳴をあげる。

「謙ちゃん、だっ、だめ、口……っあ、あふっ」

「いいから。気持ちよく、ないですか？」

答えられるわけがない、と颯生は首を振った。謙也が口で——などと想像したことはなく、まだ状況についていけない頭と、暴走して快楽を追う身体のギャップに、声をこらえきれない。

「そ、そんなんいままで、あっ、し……しなかった、くせに」

「だって颯生さん、いつもしなくていいって言い張るから。おれ……してくれたとき、すげえよかったから、してあげたいって思って」

熱っぽく告げた言葉を切り、すっぽりと口の中に含んだ謙也の舌遣いに、颯生は声もなく背中を反らし、喘《あえ》ぐしかない。

いいかげんお互いの身体を知る程度には回数をこなしたとはいえ、まだこちらの世界に馴染みのない謙也には不快感が強いのではないかと思っていた。それで気持ち悪く思われたりするのは、正直避けたいとそう案じていたのだが。

（うわ、すごい、そんな、いっぱい舐めちゃ……俺だってそこまでしないってっ）

おまけに、妙に熱心に舐めしゃぶられてしまうから、腰ががくがく揺れてしまう。恥ずかしい。そう思うのに止まらないばかりか、理性を裏切る身体がどんどん、謙也に向かって開いていく。

腰からとろけそうなくらい、すごくいい。それなのに、まだ足りない、もっと欲しいと、彼の手ですっかりほころびることを知った場所まで濡れる気がする。

「け……ちゃん、謙ちゃん、うしろ」

「……ん？　なに？」

「うしろも……」

して、と啜り泣くような声でねだると、焦らさないまま指が触れた。

「んい……っ、あ、ああ！」

くぼみにぴったりはまるような親指の、ざらついた感触。指紋までわかる気がすると震えれば、押し揉まれて悲鳴が溢れた。

「やーらか……すっげえなあ、もう」

「やっ、やっ……あ、ああっ、あ」

吐息混じりに呟かれて、耳が痛いくらい体温があがる。謙也の言うとおり、颯生のそこはまるで呼吸でもするようにひくひくと震え、まだ乾いた謙也の指を飲もうと必死になっていた。

「ね、颯生さん。濡らすのどこ」

「あ、も……っ、そ、そこの……っ」

ベッドサイドを探って、ローションを手渡す。はやく、と喘ぎながら涙目で見ると、ねっとりとしたキスをもらった。

「う……っ」

腰を持ちあげられ、さらに恥ずかしい格好にされた。尻の丸みを何度も噛まれたり舐められたりしながら、手際よく濡らした指が一気にそこを抉《えぐ》ってくる。

「ふあああ、ああっ！　あ、も……だめ、もうっ」

「う、ええっ？」

もういく、と喘ぐとびっくりされて、さらに羞恥がひどくなる。だが恥ずかしさにためらうよりも、とにかく欲しくて欲しくて、いっそ苦しいと喘ぎながら颯生は広い背中を抱きしめた。

「やば、やばい、もう……いっちゃう、謙ちゃん入れて」

「え、も、もう？」

おざなりに濡らしただけなのにとためらう男の腕を引いて、発言のわりにはけっこう余裕のない様子の股間《こかん》を握ってやった。手にした質量にじんわり嬉しくなりながら、急《せ》くような腰が上下に揺れる。

「う、……へ、平気？　ほんとに？」

(かたい……すげ)

「うん、うん、早く……これ、な、なあ」

まだ脱衣さえ済ませていない謙也の状態に、いくらなんでもがっつきすぎだと思うけれど、その程度のためらいでは止まれそうにない。

息をつめた謙也の顔が険しくなり、それを少し怖く、そして嬉しく思いながら、颯生のほっそりした指がファスナーを引き下げる。蒸れた熱が指先に触れて、それだけでも感じた。

「ん、あ、も……はや、はやく」

「ちょっと、ま……待って、ゴム」

つけるから少し落ち着いてくれと言う謙也に、そんなものいらないと颯生は訴えた。

「大丈夫だから、……きれいに、してあるから」

「え、だって。いつ？」

「……う」

今日はまだお風呂に入ってないのに、と驚いた謙也に対し、さすがに颯生は言葉につまる。

さきほど着替えの際に手洗いに行ったのは、ほんとうは――そちらの用を足したのではなく、なんとなく流れを予測して身体の準備をしていたのだ。

このところ親密にすごすようになって、勢いのままなだれこみたいと思うことが増えた。それでも男女のように自然にとはいかない身体に、準備はどうしても必要になる。

（こういう面倒なとこ、教えていいのかなあ……）

素に戻ったりはしないだろうかと、少しだけ冷静になった頭で颯生は迷った。内心のそれが表情に出たのだろう、謙也は心配そうな目で覗きこんだあと、そっと颯生の頬を撫でる。

「えーっと、言いにくいならいいです。でも、颯生さんは大丈夫？」

「うん。あの……あ、でもナマでやんの、やなら」

「な、……っ」

謙也が不潔感を覚えるならよそうと言いかけたとたん、そこにぐっと熱いものが触れた。

「あっ、うわ⁉」

「う……っ、うわってそんな顔で、ナマとか言わないでくださいっ。や、やばいです」

さきほどより明らかに力強くなった謙也のそれに、颯生は思わず声をあげる。なんだか微妙な顔のまま、一瞬だけ強ばらせた肩から力を抜いて颯生を抱きしめ直した謙也は、小さな声で問いかけてくる。

「……中に出して、いいの？」

「う、うん。……平気、いい、から」

ひそめた声がいやらしくも色っぽかった。あてがわれるそれに焦れて、颯生は腰を浮かせる。しばらく様子を見るようにゆるゆるこすりつけていた謙也は、ぐっと身体を倒してきた。

「う、きつ……っ」

「……ん、ふあ、あっ……！」

先端が潜りこみ、思わず、というように謙也が呻《うめ》いた。その広い肩にシャツ越しに歯を当てて、颯生はびくびく震えるしかできない。

（あ、はいる、来る）

性急な挿入に、肉が軋むようにかすかな痛みがあった。それでもこの快楽には勝てない。こんなに入れてほしくなったことなどないというくらいに、そこが飢えて謙也を欲していて、はやる気持ちをなだめるように大きな手が腿を撫でる。

（あ、……あったかい）

体温を感じて、力が抜けた。そしてぐっと強引に押しこまれた瞬間、ぶるっと颯生の腰が激しく震え、唇からは濡れた甘い悲鳴が溢れていた。

「――ふうっ……あ、あ、あぁぁん！」

「え？　さ、颯生さん？」

謙也の驚いた声も半ば聞こえないまま、颯生はびくりびくりと身体中を痙攣《けいれん》させた。折り曲がった脚の間からひたひたと、自分の頰のあたりに熱っぽい粘液が降りかかって、唐突に射精したことを知る。

「んっ……ん、んふ……」

「あの……入れただけ……ですけど」

唐突な絶頂に奥歯を嚙んで震えていると、謙也は面食らったような顔をしていた。ぼそりと呟いた彼が呆れてはいないかと、颯生が赤い顔のまま上目にうかがうより早く、体内のそれがびくりと蠢《うごめ》いた。

「あ！　……あ、うん、だから、……謙、ちゃん」

よかった、謙也もまた感じてくれている。そう思いながら颯生は手を伸ばし、自分の体液で濡れた頰を拭い、謙也にだけ聞こえる声で「もっと……」と囁いてみる。

「も、もっとって、もっと？　わ……っ、や、べ」

いささか混乱気味に声をうわずらせ、続けていいのかとためらう彼に脚を絡めた。

「うん、も、っと、も……っと、し、て」

もう慎みなど知るかとばかりに腰を揺すった。内腿が謙也の脇にこすれる感触だけでもたまらずに、もっと奥へと引きずりこむ粘膜の蠢動《しゅんどう》は凄まじく、謙也は唸るような声を出す。

「うあ、そんな、したら、……やばいですってばっ」

「なに？　なんで？　いや？」

ゆらゆらと身体を揺らした颯生が、謙也の形いい耳を嚙る。すると、ぶるりと広い背中が震えて、「ああもうっ」と怒ったように謙也の腕が颯生を押さえつけてきた。

「が、がっついちゃうでしょ……！　やめてくださいって！」

「ん、……っ俺が、いいって言っても？」

「だって前に言ったじゃないですか、がつがつしたらつらいって」

そんなのいいのに、と理性を残す謙也に不服な颯生が口を尖らせれば、軽くそこにキスを落とした彼は、あとで痛がるのは困ると眉を下げた。

「だめ。颯生さんが痛いのは、おれがいやです」

顔を赤くしつつもなんだか妙にきっぱり言われて、もどかしいやらときめくやらで颯生はさらにのっぴきならなくなる。

（やさしいし、律儀なのはいいんだけど……）

たとえば気が乗らなかったり、身体の状態ができあがっていないのに突かれるのはたしかにつらいだろう。だが、この状態で手かげんされてはべつの意味でつらいのだ。

第一、中にいるのにわからないのだろうか。人工的なもので濡らしただけとは思えないほど、ぐずぐずにとろけている颯生の身体が欲しがっていると、どうして気づいてくれないのだろう。

「じゃ……これでも？」

「これでもって、ちょ……うわ、う、くっ」

状況を読んでくれと言いかけ、それよりももう手っ取り早くと、颯生は腰に力をこめる。とろけきった中をうねらせながら、甘ったるい声で囁いてやると、ぎくりとしたように謙也が呻いた。

「こんな、でも？　なあ……痛いと、思う？　俺のここ……どう？」

「だっ、だから、ど、どうって、そんな……そりゃ、めちゃくちゃ気持ち、いいけどっ」

「ほん、と？　気持ちいい？　俺の中……いい？」

唸るような声と荒い息に、颯生はざわざわと全身が痺れるのを知った。だめ押しに彼の弱味である背中をくすぐるように撫でれば、身体を反らせた謙也が怒ったように腕を振りほどいた。

「い……っ、ぞくぞくするからそれちょっとっ……颯生っ！」

「——……！　っあ、あふっ、あ！　けん、ちゃ……っ」

だが最後のひとことは逆効果だ。呼び捨てられたことに颯生の中はますます甘く窄《すぼ》まる。おまけに中にいる謙也がそれで一気に力を取り戻してしまい、しばしふたりして息を荒らげる羽目になった。

「ん……な、絞めちゃ、だめ、だって……っ」

「だって、だっ……んああ、あうっ」

だめと言われても無理だ。あんな熱っぽく険しい声で、名前など呼ばれたら、どうにかなるとさらに颯生は腰を揺する。

「だ、だからね、そんなに腰、使ったらまずいっ……、う」

「だって謙ちゃんの……それ、なんか、……っあ、あああっん！」

おっきい、と啜り泣きながら言うとさらに謙也が膨らみ、自分でもどこから出るのかと思うくらいに卑猥な高い声をあげてしまった。

「う、颯生さ……なにその声……っ、も、もう……くそっ」

びくりびくりとのたうつ颯生の身体を怒ったような顔で押さえつけた謙也に、深々と息をつかれる。

「あー、もう、ごめん……っ！　我慢、できないっ！」

「ふあっ、あっ、あっあっあっあっ！　……ああん……！」

乱暴に吐き捨てるなり、腰を両手で摑まれた。そのまま好き放題突きあげられて、ふだんなら痛いからと泣きを入れるはずの颯生は、合わせるように腰をうねらせ、謙也を誘う。

「いい？　颯生さん、……颯生、ここ好き？」

「あん、好き、もっとっ……あっ、あ……い、いい！　だめ！　いい……！」

わななく声で謙也の首に縋り、激しく口づけながら颯生は喘いだ。ぬるぬるになった性器を律動に合わせて謙也が扱《しご》いてくれて、その手の甘さがたまらないと首を振る。

（もっと、ぎゅっとしたい）

引き寄せるのではなく、身体を起こして謙也にすり寄った。情欲に赤らんだ視線を交わしたあとに、深く口づけをしながら腰を揺する。

「あっ……これ、このかっこ……あた、る」

「ん、颯生さん、これ、いい……？」

「うん、いい、謙ちゃん、いいっ」

勢いそのまま彼の上に座りこむ形になって、寝ているときよりも密着感のある体勢に颯生は夢中になった。手足を謙也に絡みつかせ、思いきり抱きしめられるのも嬉しかったし、なによりこの状態ではいちばん感じるところにいつも謙也のそれが触れている。

(あ、もう、すごい。奥、こすれてる、謙ちゃんのも、すっげえ勃ってる……っ)

硬く熱いそれが、自分のいやらしい場所を抉っているのを感じて、ぞくぞくした。濡れた音がひどくなる。粘りつくような身体の奥を何度もこすられると腿が痙攣して、爪先までの疼痛《とうつう》を感じながら颯生は身悶えた。シーツを突っ張るように膝を引きつけ、足指を丸めて腰の奥から湧きあがる快楽に耐えると、自然にそこがきゅうきゅうと窄まる。

「謙ちゃ……いく、また、あ、ああ……いく……っ」

しゃくりあげ、忙しなく声をあげた颯生は、ひときわ激しく打ちこまれた楔《くさび》に仰け反った。

「あっ、あ、ああ、だめ、あ……!」

「あ、も、おれも……っあ、で、出るっ」

背中を反らせ、震えながら埒《らち》を明けたあと、颯生はがくりとベッドへ倒れこむ。

その痙攣に引きずりこまれるようにして、謙也もきつく顔をしかめたまま射精した。熱の塊がぶつけられるような激しいそれに、達したばかりの肌を総毛立たせて颯生は細い喘ぎを漏らす。

(なんだ、これ。すごい……)

のぼりつめる、という言葉どおりの快感だった。上へ上へと押し上げられたあと、一気に

突き落とされるように全身の感覚が戻ってくる。

「大丈夫……？」

下腹部がまだ痙攣していて、小さく咳《せ》きこんだ颯生の喉を長い指がそっととさすった。

「……っあ、まだ、やだ」

気遣う仕種を見せた謙也のそれが、ゆっくりと抜き取られようとする。だが、反射的に颯生の身体は恋人へと縋り、力ない四肢は彼の長い手足へと絡みついた。

「まだ、このまま」

「え？　あ、颯生……さん？」

少し驚いた顔をする謙也のうわずった声に、期待が滲む。ただ離れがたいだけなのか、それとも——と惑っているのが気配で伝わり、羞恥をこらえながら颯生は軽く腰を揺すった。

ひと晩に二度以上のセックスをしたことは、じつはない。颯生の身体が挿入行為に慣れきっておらず痛みを覚えるからで、物足りないときには大抵、互いの手で熱を散らすのが常だった。

「……いい、の？　平気？　ほんとに、あと、つらくないかな」

大丈夫なのかと覗きこまれて恥ずかしかったけれど、目があって頷くよりさきに、飲みこんだままの謙也を欲した粘膜が、ぞろりと蠢いた。内側へ引き込むようなその動きに、萎《な》えかけていたそれがくうっと体内で硬度を増す。

（まだこんなに、してんのに）

その硬さと熱さに驚きまた胸をときめかせながら、あくまで颯生を気遣う謙也に泣きたくなる。やさしい声がたまらなく嬉しかった。こんなにやさしい恋人を得られることが、どれだけの幸運で希有なことか知っているだけに、大事に大事にしたくなる。

「謙ちゃん……好き。だから、もっと好きにして」

「さ、颯生さん……っだから、や、やば、やばいってそれ……っく、うっ」

少しだけ鼻にかかったような声に、ぞくりと颯生は背中を震わせた。こういう、なにげなく漏れたような謙也の低い喘ぎは、ふだんの爽やかさが嘘のように艶《なま》めかしくてたまらなくなる。

ついでに服も脱いでくれと、ゆるゆると謙也を飲みこんだ場所を動かしながらシャツのボタンをはずす。ずり落ちている下肢の衣服は足先で蹴《け》りやって、その拍子に一度身体が離れた。

「抜いちゃやだ……やばく、ないから……なあ、したくない？」

「し、したいけどっ……うっわ、すげ」

形のいい尻を両手に摑んで、自分の中にふたたび引き寄せた。うわ、と呻いて歯を食いしばった謙也は、びくりと広い背中を強ばらせ、ややあってつめていた息をふうっと吐き出す。

「あー、も……颯生さん、いい？　痛かったりいやだったら言ってくださいね？」

「うん、言うから……そっちも、さんってつけないで」

名前呼んでと囁きながら耳を嚙むと、無言のまま謙也はものすごい力で抱きしめてくる。

「颯生、颯生……っ」

「あっ……いい、はあっ、は……あ、あ——……!!」

そのまま叩きつけるように腰を使われて、とんでもなくいやらしい声をあげた。もしかしたら隣の部屋にまで聞こえるだろうかと思ったけれど、だからなんだと颯生も居直った。

「……死にそう」

「ん、……ん、え？　なに？」

「もう、死にそうに気持ちいい……」

縋りついて囁くと、赤くなりつつ「よかった」と息をついて謙也は口元をほころばせる。汗が浮いた端整な顔を両手で包んで唇を寄せると、かわいい音を立てて口づけられた。


終わったあと交代でシャワーを浴び、少し飲んで喋《しゃべ》って、合間にたくさんのキスをした。

そうして翌日には、颯生のお勧めのビストロで食事をして、部屋に戻ってまた抱きあった。

結局休日が終わっても、帰りたくないと少しぐずった謙也と、帰したくなかった颯生の意向が一致したので、出勤日のぎりぎり、家を出る時間まで甘ったるくすごして、いってらっしゃいと手を振って見送った。

「……ちょっと、羽目はずしすぎ？」

あまりにも甘ったるい朝を終えて、ひとりの部屋に座りこんだ颯生はぽつりと呟きながら、ふと赤くなった頬をこする。

指先が触れただけで肌が震えるようなたがのはずれた時間には、きりがなかった。

謙也も怖いくらいに激しく求めてくれたおかげで、ちょっとかなりはしたなかったかもしれないと思うくらいに颯生が乱れて、そうするとまた煽られた謙也が盛りあがるという繰返し。

それこそ明智が当てこすった『サービス』のほうも思いきりいろいろしたけれど、颯生のそれを上回る勢いの謙也の大胆かつ濃厚な愛撫には、ちょっと驚かされてしまった。

（ま、まさかあんなとこまで舐めると思わなかった……）

とても口には出せない場所を執拗に舌で撫でられ、本気で泣き出しそうになりながらやめてくれと懇願すると、震える颯生を抱きしめた謙也はかすれて色っぽい声で囁いたのだ。

――ごめん、いやだった？　ごめんね。でも、あんまりかわいいから……。

嫌がるならやめるねと言われてはそれ以上ぐずれず。結局もうどうにでも好きにしてと自分で脚を開き、進んで全部明け渡してしまったのは、颯生のほうだった。

あれこれと思い出しては恥ずかしくなり、意味もなく叫びそうになりながらベッドに転がる。下半身が甘怠《あまだる》く疲労していて、怠惰なその感覚はいままでに知らないものだった。遠慮をなくした謙也のセックスは、骨までぐしゃぐしゃになるほど激しくて、けれどその分、いままでどれだけ気をつけてくれたのだろうかと思うと、却って泣けてしまった。

舌で指でこすられすぎた、脚の間がひりついている。あらぬところも、さすがに痛む。けれどそのじんじんとした疼痛は、無理を強いられたのではなく、ふたりして夢中で無茶をした証拠であるし――終わったあとのケアまでされたら、文句を言えた筋合いではなかった。

(おまけに、あそこ……薬つけるのまで、やるんだもんなあ)

さすがにやりすぎだと颯生はけっこう抵抗したのだが、腰が立たなくなったのをいいことに謙也は強引に押し切った。羞恥心で死ぬ、と思いながらも恐縮して、「ほんとにこまめですね」と半ば呆れ半ば感心して告げたら、謙也はふと首を傾げる。

――そういえばそうですね。おれ、颯生さん相手にはすごいマメだ。

いまさら気がついたという顔をしている謙也に目を瞠っていると、続いた言葉がまたふるっていた。

――や、ほんとに気が利かないっていっつもふられたし。ここまでした相手、いままでいなかったかも。まあそれ以前に、家にいるの好きなんですけど、嫌がられるの多かったから。

よくよく問うと、つきあう相手のために食事を作ってやったりするのも、滅多になかったという。大抵はどこかに連れて行け、もっとなにか買ってくれと言われることが多く、料理の腕を見せる機会もなかったそうだ。

仕事が忙しくてここ数年は彼女らしい彼女もいなかったというから、たぶんもっと若い――というより、双方幼いころの恋愛だったのだろう。謙也の希少さに気づくには、彼女側も練れていなかったのだなとは想像がつくけれど。

――なんだろな。颯生さんにはいろいろ、してあげたいです。

照れたように言ってくれた謙也に特別扱いされていると思うほうが、冷静な判断よりずっと気分がよかったので、颯生はそう思うことにした。

色惚けようが浮かれようが、ぐだぐだでゆるみっぱなしでOKだと謙也が言ったのだから、それでいいんだろう。意味もなく口元が笑ってしまって、颯生はしばし枕に顔を埋《うず》める。

たったいま出て行ったばかりの謙也が、もうこんなに恋しい。時計を見ればいいところ一時間経ったか経たないかで、することのない一日は長いなと息をついた。

――帰りに、また、来てもいい？

だが夕刻か、遅くても夜には、玄関先で鼻にキスをしながら言った謙也が来てくれる。

それまでとろとろと眠っていようか――と目を閉じれば、急速に眠りが訪れた。

張りつめきった数ヶ月の埋め合わせをするような深い眠りは穏やかで甘く、まるで謙也の抱擁そのものだった。

＊　＊　＊

これはもう少しあとの話になる。

オルタナティヴ・ファラドの立ち上げたブランド『オルカ』は、関野の持つマスコミ関連のツテすべてを使って発表されたのだが、世間的にはさほどの話題にはならなかった。

業界内部でも案の定、どこまでやれたものだかというしらけた目で見る関係者ばかりで、せっかくの一等地に開店したショップの噂もとんと聞かない。

大丈夫なのか、と他人事《ひとごと》ながら心配顔をした謙也に、颯生は神津が語ったことを教えてくれた。

『それでも、このあとのやりかた次第だろう。関野さんもさすがにそこまでばかではなかろうから、いつご自身の失敗に気づくかが鍵だろうね』

商売とはそういうものだと、酸いも甘いも嚙みしめた先達の言葉には唸らされるしかない。

そしてその先達は、プロジェクトから撤退しオルタナティヴ・ファラドを退社したのちにいったいどうしたかと言えば、なんと自分で会社を立ち上げてしまった。

神津があの会社を辞めた噂はあっという間に拡がった。しかしさすがと言おうか、それで彼の名前に疵がつくことはなく、むしろこれ幸いと「うちも狙っていたんだ、是非！」という取引先は引きも切らなかったらしい。

冗談めかして、ロートルは引退だなどと言っていた神津だが、各社の電話や連絡の対応に追われ、結局ハローワークに通う暇などなかったようだ。

最終的には会社を立ち上げることになったわけだが、その中で現在、宝飾ではなく宝石――つまり原石を売るだけの小売業だった会社が、それこそブランドを作りたいからと出資、提携してくれることになった。さほど大きくはないがこの業界でも長く、良心的な経営で有名な会社名を聞いて、謙也はかなりほっとした。

あげくにはその会社のデザイナーとして、颯生に契約してほしいと持ちかけてきたので、彼の優雅な隠遁《いんとん》生活は、一ヶ月もなかったというのがほんとうのところだった。

「でも、正社員じゃなくって契約なんだ？」

すっかり恒例になった土日のお泊まりで、今日も謙也は颯生のマンションの台所に立っていた。

唐揚げが食べたいと言い出した颯生のために、せっせと鶏肉を揉む。これをネギとニンニクとショウガ、シナモンにしょうゆとごま油というたれで下味をつけた状態で小麦粉と片栗粉を混ぜた衣をつけ、からっと揚げるとうまいのだ。

揚げ物に合うとなるとコロナビールかなと、ライムもちゃんと用意してある。

「うん。俺は正社員でもいいなと思ったんだけど、ちょうどその時期、請けちゃった仕事が別件であったから……そっち終わるまでは契約で、両方の仕事やることになるかな」

「……ふーん」

味の染みた鶏肉に粉をまぶして、真っ白な手をはたきながらちょっとだけ謙也は肩を落とす。その反応に、颯生はきれいな目をきょろりと動かして怪訝な顔をした。

「え、なに？　なんか問題？」

「や……また忙しくなっちゃうんだな……と思って。いまもばたばたしてるし、大丈夫？」

謙也が眉を寄せたそれに、心配されたと思ったのだろう。颯生は「なんだ」と小さく笑って、最近ようやくくだけてきた口調でこう言った。

「謙ちゃんが心配するようなことじゃないよ。契約だし、いままでと大差ないし」

まだ社名も決定していない神津の会社のため、準備期間の手伝いでばたばたしている颯生はそれでも楽しげだ。晴れやかな顔をして、新しい仕事にわくわくしている彼を見るのは謙也とて嬉しいけれど。

「でも、掛け持ちの仕事じゃないですか。また無理したりとか」

「しないしない。大丈夫大丈夫。……それより、なんか手伝いすることある？」

鬱陶しいかなと思って少しひやりとしたが、心配性だと首を竦めていても、颯生はまんざらでもない表情だった。

「ま、楽しそうだからいいけど」

「楽しいよ？　石屋さんと組むからチョイスもし放題だし、すげえ嬉しい」

「……そっか」

油の温度を見ながら、颯生のうきうきとした様子にこっそりついたため息を、鶏唐揚げのじゅわっという音で謙也はごまかす。まあ、するなと言っても無理をするのだろうから、いま言っても詮無いことだ。

「もう少しでできるから。ああ、できたら颯生さん、さきに食べていいよ」

「……ん？　あ、うん……」

相変わらず、料理をする背後でうろうろする颯生に、子どもみたいだと笑ってしまった。

（なんだろな。こういうのかわいいよな、このひと）

謙也がかつてないほどマメになってしまうのは、颯生自身無意識なのだろうこのわくわくした気配があまりに微笑ましいからだ。おまけになにをしてあげても、恐縮したり感謝するのを忘れない。

だからもっと喜んでくれたら嬉しいと、ついつい料理のレパートリーまで増やして努力しているのは、内緒でもいいのだろう。この日のメインは温野菜のパスタで、さすがに麺を打つまではまだできないのだが、そのうち覚えようかなあなどと思っている。

「油飛ぶから、危ないよ？」

「あー、うん……」

ちょっと離れてて、と手元を見たまま謙也が言えば、なんだか歯切れの悪い返事がある。どうしたのか気になるけれど、いまは中華鍋の中身から目を離すわけにはいかない。

「あ、しまった。新聞……颯生さん、なんか古新聞ある？　鶏、油切るから」

ほどよく揚がった鶏を菜箸で摘みあげて振り返ると、颯生はなんだかむっとしたまま新聞紙を突き出してきた。急に斜めになった恋人の機嫌に、どうかしたのかと謙也は目を瞠る。

「あの、おなかすいた？」

「……ちがう」

わかんないならいい、と複雑な顔で口ごもった彼をしばし見つめたあと、「あ」と謙也は苦笑を浮かべた。

「ごめん。なんか口についちゃってる。……颯生、お皿取って。なんか大きいの」

これでしょ、という顔で笑ってやると、なんだか怒ったような顔をした颯生はさらにつっけんどんに大皿を出してきた。噴きだしそうになりながら唐揚げを新聞に移し、謙也は広い背中を震わせる。

（呼ばないと怒るのに、呼ぶと照れるんだよなあ）

困ったひとだと思いながら、揚げたての小さな唐揚げを菜箸で摘み、謙也はくるりと振り返る。

「味見する？」

「……小学生かよ」

そんなので機嫌を取るなと、さすがに憮然とした顔で言うからよけいおかしくて、ついに噴きだしながら謙也は「いいから、あーん」と言った。それでさらに颯生は目を吊《つ》り上げる。

「謙ちゃん……恥ずかしいよ！　っていうかそういうキャラ!?」

「や、いいんじゃない？　べつに誰も見てないし。つかおれべつにキャラじゃないし」

はいどうぞとにこにこしながら言ってやると、怒った顔のまま颯生は唐揚げにかぶりついた。

しばしその熱さと恥ずかしさに、颯生は口をはふはふしながら眉間に皺を寄せていたけれども、ちゃんと「おいしい」と言うのは忘れない。

言葉はけっこう大事なものだと謙也は思う。ありがとうとか嬉しいとか、そういうのはどんなにつきあいが深まっても——いや、慣れてしまいがちだからこそ、ちゃんと口にしなければいけない。それを颯生はちゃんと、知ってくれている。

そういうところの感性が似ていて、だから好きなのだ。

「よかった。パスタもすぐだから、さきに食べて、飲んでて。揚げたてがうまいから」

それでもちょっとだけ眉を寄せたまま、颯生は口をもごもごさせつつ頷いた。まだなにか、と目顔で問うと、菜箸を持った手におずおずと細い指が触れてくる。

「ああ、そっか。……ん、はい」

ものいいたげなサインに気づいて、腕を拡げてみると真っ赤になってそろっと近寄ってくる。箸を持ったまま、細い身体をぎゅうっと抱きしめたのは正解だったようで、颯生は甘えるように肩に顔を寄せた。

「なあ、あの。仕事、ばたばたするけどさ」

「ん？」

「ちゃんと時間、作るから……無理しないから、また、来て」

「……颯生がいらないって言っても、来るよ」

つるりとした頰に軽く唇で触れながら言うと、颯生は少しほっとしたように息をついた。そのあと目を閉じたので、相変わらず色っぽい唇を吸うと、ちょっとだけ唐揚げの味がする。

「しょっぱい？」

「ちょっとね」

照れたように笑う颯生をぎゅっと抱きしめながらも、じつのところ彼の多忙さを純粋に心配しているだけでもないから、謙也はなんとなくうしろめたい。

（もうちょっと暇にしててくれてもよかったのになー）

ちょっとだけ、絶対に口にはできないけれど残念に思うのは、謙也の時間が空く限りつきあってくれた期間の颯生が、それこそベタベタに甘えてくれたからだ。

――こういうの、やじゃないかな……？

隣にいる間中、くっついていたがる颯生に上目に問われて、いやなわけがあるかと謙也は顔をゆるませっぱなしだった。

照れもためらいもあるのだろう、きれいな顔でおずおず抱きついてくる仕種は頼りなく、そのままベッドに押し倒したいくらいにかわいくて、実際何度かそのまま押し倒してしまったこともある。

(仕事はじまっちゃったら、またばりばりになっちゃうのかなー)

それはそれで凜とした感じでいいけれども、そうするとやっぱりあちらのほうはセーブしてやらないとまずいだろう。だいぶ慣れてきて、最初のころほどではないけれど、颯生が会社を辞めたあの日はかなり飛ばしたせいか、あとあと腰がつらそうだった。

(腰細いもんな。無理させたらまずいよな)

他人が聞いたら胸焼けしそうなことを思いつつ、謙也はかわいかった颯生を反芻《はんすう》する。そのやましさをさらに倍増させるように、今度は颯生が心配そうな声を出した。

「謙ちゃんも忙しくない？　そっち、平気？」

「ま、おれのほうはべつに。ルーチンの仕事多いし。催事シーズンになったら飛び歩くけど」

ぼちぼちとやっていくからと笑った謙也にほっとしたように、颯生はもう一度唇を寄せてくる。

「時間ちゃんと、作って、会おう」

「んん……うん、……うん。会う、から」

「おれよか、問題は颯生だよ？　忙しくしすぎないで」

「ん、ごめ、んっ……ん、ふうっ」

じゃれつくようなキスの合間に言葉を交わすと、なんだかちょっと盛りあがってしまう。

あげく舌に残った唐揚げの味がわからなくなるまで夢中になったせいで、せっかくの揚げたての料理はちょっとだけ、冷めてしまった。


凝り性ではまり性の謙也がすっかり夢中になっているのは、日々作れる品目の増えていく料理と、かたわらにいる美人なデザイナーだ。

そもそもガンダムにしても小学生から足かけ二十年近くというはまりっぷりで、いつになったら飽きるのだろうと自分でも呆れる。

そしていま目の前にあるふたつの『はまりもの』も、やはり自分で呆れるほど、しつこくずっと好きでいるのだろう。

あとがき

諸事情で絶版になっていたノベルズの文庫化を何度かさせて頂いておりますが、こちらはそのなかでも、もっとも新しいもので、そのため、加筆等は最小限となっております。

謙也と颯生については、これといった事件があるわけでもないなか、ごくフツーのひとたちがドタバタと恋愛する話が書きたいなあ、と思って書いた記憶があります。謙也の、のほほんとしていながら芯の強い性格については、働く女性にとってはある種の理想なんじゃないかなあ、なんぞと思って書いていたら、ノベルズ刊行時には「私も謙ちゃんがほしい」と仰る方がたくさんいて、ちょっとニヤリとしたものでした。

颯生はツンデレキャラとして書いたわけですが、デレの量が相当多いですね。強気に見せかけてじつはいろいろ悩む受けというのも、これまたある種の王道かなあ、なんて考えています。

ノベルズ刊行時のあとがきにも書きましたが、作中で触れた宝飾業界に関しては、過去の記憶にフィクションをまぜこぜ、という感じです。業界としては前月刊である『インクルージョン』と地続きな感じであり、ジュエリーといってもハイジュエリーの世界ですので、かなり特殊な業界の話になっています。ちなみに私自身はいまだに、ジュエリー関係を見るとまっさきに、爪留めとリング内側の打刻と磨きの確認をしてしまうのがクセです……。

さて今回、文庫化のイラストを担当して頂いた小椋ムク先生。かわいらしくも初々しいふたりをありがとうございます。表紙のラフは三パターンも見せていただき、担当さんといったいどれにすればいいやら、と迷いに迷って選ばせて頂きました。まだ完成品は拝見しておりませんけれども、続編の雑誌掲載作『不条理で甘い囁き』を含め、このあと、シリーズとして文庫化が決定しておりますので、今後ともよろしくお願い致します。

それからノベルズ刊行時、今回と、チェック協力してくれたRさん、毎度ありがとう。ノベルズ時にいろいろツッコミくれた坂井さんもありがとう。

毎度の担当さま、いつもほんとうにお世話になっております。本年の連続刊行では、いろいろご迷惑おかけしておりますが、まだ中盤、ラストまでよろしくお願いします。

文庫化を待っていたと言ってくださった方、はじめてお手に取ってくださった方も、ありがとうございます。前述いたしましたが、颯生と謙也については、このあとも刊行が続く予定ですので、よろしくおつきあい頂ければと思います。

そして、ページの都合で扉がないんですが（笑）、おまけのショートストーリーがこのあとに続きます。どうぞご覧くださいませ。

◆好奇心は猫を殺すか虜《とりこ》にするか。

とある休日、謙也のマンションに遊びに来ていた颯生は、いままで見かけなかったノートマシンの存在に「あれ」と声をあげた。

「謙ちゃん、パソコン買ったの？」

「あ、ええ。いろいろ調べモノするのに必要だし、最近、企画書とか書くことも増えてきたんで、自分の欲しいなと思って」

すこし気まずそうに告げた謙也は、自宅にＰＣを導入したことを、誰にも言わなかった。むろんそれは、ことの起こりであるウイルス騒ぎがあったせいだ。

当然、颯生もにんまりと笑って、意地悪くつついてくる。

「で、またエロサイト見たりしてんの？」

「見てませんよ！」

ムキになって赤くなる彼氏の頬をつついて、颯生はけらけらと笑った。

「ていうか、いまさらだけどさ。ウイルスに引っかかるなんて、いったいどういうサイト見たんだよ。ゲイサイトなんて、そこまで怪しいとこでもないじゃん」

「いや、リンクたどってあちこち見てたんで……」

歯切れ悪くぼそぼそと言う謙也がおもしろいのか、悪戯心を出したらしい颯生は「じゃあ、もう一回問題のサイト見にいけば？」と、とんでもない提案をはじめた。

「え、やですよ！　だいたい、あのときどこのサイト見たかなんて覚えてないし」

しばらく「見よう」「いやだ」の押し問答が続いたが、とどめは颯生のこのひとことだ。

「俺も見てみたいし。だって謙ちゃん、そのサイト見てその気になったんだろ」

それを言われてしまうと弱い。もともと社用モバイルの借り受け機で、あんなものを見ようとした自分が百パーセント悪いのだ。よからぬ妄想に浸ったせいで大ポカをかましたことも、謙也としては非常に苦い思い出だ。だがあのサイトであらぬことを考えたりしなければ、いま颯生とこうなっていたかどうかは怪しい。

「……やってみるだけだよ。見つからないかもしれないし」

いいよ、とにやにやする颯生の肩を軽く小突いて、謙也はマシンの電源を入れ、ブラウザを立ちあげる。大手検索サイトに、あのとき入力した検索キーワードを思いだして適当に探してみると、ざくざくとその手のサイトが引っかかってきた。

「あれ、このサイト表示されないよ」

「ワクチンソフトのほうで、有害指定に引っかかってるサーバーじゃないですかね」

今回のマシンはウイルス対策もばっちりだが、そのぶん、アクセスできないサイトもけっこうあった。おかげで閲覧できるのは比較的ソフトなサイトばかりであり――むろんアダルト動画サイトなどもあったが、そこはお互い見ようとは言わなかった――謙也はほっと胸を撫でおろす。

「ふーん。なんか出会い系多いかと思ったけど、まじめなコラムとかブログも多いんだ」

「颯生は、見たことないの？」

興味津々の態度が不思議で問いかけると、彼は「ほとんどネットやらないから」と言った。

「俺、パソコンあんまり得意じゃないし。家にあるのもかなり古いのだから。ケータイのほうで見るのも、せいぜい電車の時刻確認くらいだし、メールも面倒で、めったに使わない」

「え、でもおれのメールには、けっこうマメに返事くれてるじゃ……」

謙也の言葉に、颯生はマウスを操っていた手を硬直させた。じっと横顔を見つめていると、じわじわと色白の頬が赤くなり、耳も首筋も染まっていく。今度にんまりとするのは謙也のほうだった。

「へえ、そっかあ。おれだけなんだ。嬉しいな」

「べべべべつに、いままでメール使うともだちいなかっただけで、みんなどっちかっていうと、アナログ人間だしっ」

「うん、だからおれだけなんでしょ？」

にこにこと告げたとたん、唸った颯生に肩を小突かれた。指が細くて骨っぽい彼の拳はちょっと痛かったが、謙也は相好《そうごう》を崩しっぱなしだ。

「ね、サイトとかどうでもいいから、あっちいきません？」

「……いかない。真っ昼間から、なに考えてんの」

寝室を指さすと、隠しようもなく真っ赤になった颯生に睨まれる。謙也としても、本気で誘ったわけでも――いや、颯生がＯＫしたらお応えする気は充分あるが――なかったので、わざとらしく「残念」などと笑ってみせた。

恥ずかしいのか、片っ端から適当に検索でヒットしたサイトを閲覧していた颯生だったが、謙也はそのうちのひとつに「あっ」と声をあげる。

「あ、それだめ、やばいやばい。ここブラクラに引っかかったリンクがついてたサイト」

なぜか有害サイト用のフィルタに引っかからなかったらしく、問題のサイトはばっちり表示されてしまっていた。『体験告白小説』という文字がでかでかと目に飛びこんできて、謙也は冷や汗をかく。謙也の顔とサイトを見比べたのち、颯生は、ふうん、と息をついた。

「……ってことは謙ちゃん、これ読んだんだ？」

いまさら違うとも言えずにうなずくと、颯生は小首を傾げたのちに、そのタイトルをクリックする。当然あらわれた、筋骨隆々とした写真に、彼は苦笑した。

「これまた趣味のはっきりしたサイトだな。俺、ちょっと苦手かも」

「え……ゲイのひとってみんな、こういうの好きなんじゃないんですか」

「わけないだろ。それぞれ好みはあるよ。ここのサイトオーナーがこのタイプが好きってだけか、それともわかりやすい演出じゃないかな」

そういうものだったのか、とうなずきながら、ちょっとだけ謙也は安堵した。

「体験告白とか言ってるけど、これ、写真と内容あってないね。ネコのほう、痩せてるし」

謙也がどぎまぎして読んだ過激な体験小説に対し、颯生はあっさりとそんなことを言った。

「素人のポルノ小説って感じかな。話もできすぎだし、二輪差しとかあり得ねー」

「そ、そう、ですか……」

けらけら笑いながらものすごいことを言う颯生に、謙也は顔をひきつらせた。いざことに及ぶと赤くなったり照れるくせに、颯生はこの手のシモネタに対しては耐性があるらしい。

ちなみに本家二丁目のゲイバーなどに行くと、身も蓋もないシモな話が飛び交っているという事実を謙也が知るのは、もっとずっとあとになってからの話だ。

「まあ、どっちにしろ、ジョーク系のエロサイトだと思ったほうがいい……って、ん？」

いくつかの体験小説を流し読みしていた颯生は、そこで顔をしかめた。謙也が「どうしたの」と問いかけても返事はなく、ひたすらスクロールした画面を逆送させ、ふたたび文章を読み出す。きれいな眉間にはどんどん皺が寄り、「なに、颯生。どうかした？」と、謙也は問いかけた。

「……謙ちゃんさあ、俺がゲイだって、藤田《ふじた》に教えられた、つってたよね？」

「え、うん。それがどうか」

したのか、と謙也が問うより早く、颯生が拳を机に叩きつける。謙也は思わずノートマシンを抱えて避難させ、激昂している恋人を怯えた目で見た。

「ど、どうしたの颯生」

「このサイト作ったの、藤田の野郎だ……っ」

「ええっ!? な、なんでそんなことわかるんだよ」

むっつりした顔で「これ読んでみて」と颯生が示した短編小説は、謙也があのときウイルスに引っかかって読みはぐった一編だった。なにがなにやら、と思って読み進めていった謙也の顔もまた、颯生と同じく歪んでいく。

綴られていたのは、デザイナーである美青年が上司や同僚を次々と手玉に取っては食い荒らす、というポルノとしてはベタベタな話だ。だが、描写にせよ細かいエピソードにせよ、どこかで聞いたような話で——「あれ?」と謙也は首をかしげた。ちらりと横目にうかがった颯生は、げんなりした顔でかぶりを振る。

「隠れゲイだか、ただの悪趣味かは判断つかないけど、ここのサイトオーナーなのは間違いないだろ。……どうりであれこれ言ってまわるわけだよ、あのくそったれ」

颯生の言葉どおり、ここのサイトの『体験告白小説』が、藤田が颯生について吹聴した内容を、さらに悪辣にしたものだと謙也にもわかった。

そしてその主人公であり、デザイナーの美青年が本命としてアレコレしまくる相手の描写に関しても、藤田本人をデフォルメし、かつ美化したもののように感じられた。

（あ、でも、それで、あの話の主人公、颯生に似てるって思ったのか）

確認すると、いま読んだ話はサイトのなかでもけっこう古い掌編で、かつて謙也が読んだものは比較的新しい話だった。身元がばれる可能性を多少は考え、フィクションを多めに盛りこむようにしたのだろうか。それともこれが、彼の夢想したなにか、なのだろうか。

「……藤田って颯生のこと好きだったのかな」

「やめてくれよ！　想像したくもないっ」

謙也がぽつりと呟くと、颯生が心底いやそうに呻いた。

「うわああ気持ち悪い、あんなやつのネタにされてたのか、俺っ。冗談じゃねえ！」

ぞっとしたように両腕をさすっている颯生に対し、同情する。恋人としては、妄想激しい小説を書かれたことに不愉快さもある。けれど、ネタ云々の件に関しては、謙也もあまり強く言えない。気まずく頬をかいていると、颯生が怪訝な顔をした。

「なに謙ちゃん、その顔」

「いや、ごめん。あのね」

ちょいちょいと手招きして、謙也は颯生に耳打ちする。

「ゲイサイト見て勃った、つったじゃん。あれ、この話読んで、颯生想像したせいだから」

いまさらですが、ごめんなさい。打ち明けると、颯生の顔が一気に真っ赤になる。

「たっ……ちゃった、って、いまさらそんな話、されても」

「いや、おれ的にはこう、いろいろわかってすっきりしたから」

「すっきりって、なにがだよ！」

「だから結局、おれは最初から、颯生に反応したんだなあと思って」

けろりと言ってのけたとたん、藤田相手では気持ち悪い冗談じゃないと呻いていた颯生は、照れたように目を逸らした。そして謙也は、さきほどとは違い、ほんとうに寝室に連れこみたい気分がむらむらとわき起こってくるのを感じて、彼の手を取った。

「藤田には腹も立つけど、妄想しかできないかわいそうなやつなんだから、ほっとこ？」

「ま、まあ、謙ちゃんがそう言うなら……」

もごもごする颯生も、すでにモニターなど見ておらず、謙也が握った指を意識している。にぎにぎと指先を握って遊んだあと、不意打ちで唇を啄むと、とろっと目を潤ませた。調子に乗って二度三度とキスするうちに、なめらかな舌が絡みつき、颯生の声が甘くなる。腰を撫でるとびくびく震えて、相変わらず感度がいいな、と思う。

「……今度こそあっちいかない？」

細い手首を引っぱると、あっさり本体もついてくる。

並んで隣室へと向かう直前、謙也は「あ」と声をあげ、ノートマシンのまえに引き返す。

そして、すべての元凶ではじまりのサイトを、クリックひとつで閉じた。

✦初出　不機嫌で甘い爪痕……………………小説BEaST2004年summer号
(2004年7月)
不可逆で甘い抱擁……………………ビーボーイスラッシュノベルズ
「不機嫌で甘い爪痕」(2005年10月)
好奇心は猫を殺すか虜にするか。…書き下ろし

崎谷はるひ先生、小椋ムク先生へのお便り、本作品に関するご意見、ご感想などは
〒151-0051 東京都渋谷区千駄ヶ谷 4-9-7
幻冬舎コミックス　ルチル文庫「不機嫌で甘い爪痕」係まで。

幻冬舎ルチル文庫
不機嫌で甘い爪痕

2009年7月20日　　第1刷発行

✦著者	崎谷はるひ　さきや はるひ
✦発行人	伊藤嘉彦
✦発行元	株式会社 幻冬舎コミックス 〒151-0051 東京都渋谷区千駄ヶ谷 4-9-7 電話 03(5411)6432[編集]
✦発売元	株式会社 幻冬舎 〒151-0051 東京都渋谷区千駄ヶ谷 4-9-7 電話 03(5411)6222[営業] 振替 00120-8-767643
✦印刷・製本所	中央精版印刷株式会社

✦検印廃止

ISBN978-4-344-81709-8　C0193　Printed in Japan

「幻冬舎ルチル文庫」

大好評発売中

発行●幻冬舎コミックス　発売●幻冬舎